Verlag Bibliothek der Provinz

Angela Jursitzka
DIE EHRE DER FRAU HITT
Erzählungen

herausgegeben von Richard Pils
lektoriert von Brigitte Böhm-Müllauer

ISBN 978-3-99028-577-0

A-3970 WEITRA 02856/3794
www.bibliothekderprovinz.at

Umschlag: „Bestechende Schönheiten", ein Geschenk von Marlene Kuppelwieser

„Die wahre Geschichte von Flüssen und Einflüssen",
Der Innbegriff, veröffentlicht im 14. Band TIROLER IDENTITÄTEN –
Der Inn, herausgegeben von Martin Kolosz

Angela Jursitzka

DIE EHRE DER FRAU HITT

Erzählungen

Inhalt

Jetzt endlich meiner Mutter gewidmet,
die mich mit letzter Kraft
heil nach Tirol brachte.

Thyrssenblut
oder
Die Wiederherstellung der Ehre von Frau Hitt

Ein Porträt

Seltsam, wie das Volk immer alles im Voraus wissen will! Einzelne mochten unschlüssig gewesen sein – nachdem *sie* Teil der Geschichte war, hatte plötzlich keiner an ihrer Herzlosigkeit gezweifelt. Und so mancher kramte in seinen Erinnerungen nach einem merkwürdigen Vorfall der letzten Jahre: „Wartet nur, wenn der Herr tot ist, werdet ihr euch anschauen!" Verunsichert schauten die Burgbewohner einander an, und weil viele den Herrn vom Hittenstein hassten, warteten sie voll Ungeduld.

„*Sie* können wir leicht einwickeln", steigerte sich das Flüstern innerhalb der Burgmauern. Sie, die Frau des Burgherrn, fände sich in einer männlichen Domäne ohnehin nicht zurecht. Schließlich handelte der Hittensteiner gleich jedem Herrn seines Standes, der den Mann mit Verachtung strafte, dessen schweißtreibende Arbeit die Grundfeste zur Burg schuf.

Das Volk aber schrie: „Bittere Zeiten werden kommen!" Wie sollte da später jemand das Gegenteil beweisen? Das Unglück ist geschehen. Jetzt wird es von Jahr zu Jahr schwieriger, den Fall sachlich aufzurollen und den Mord am Dirschenbach zu klären. Denn eines ist gewiss: Als mit dem letzten Atemzug des Herrn vom Hittenstein das Ende ihrer Bevormundung gekommen war, hatte Adelgunde das Sagen.

So wie die leidenschaftliche Reiterin ihr Pferd an die Kandare genommen hatte, wie sie wusste, wann sie die Zügel anziehen und wo sie den Griff lockern musste, hielt sie nun von einem Augenblick auf den anderen ihr kleines Reich in festen Händen. Fraglos machte diese Lebensführung sie zur Legende. Wer hatte je gehört, dass eine Vertreterin ihres Geschlechts, das schwach zu sein hatte und auch bleiben sollte, soviel Eigenständigkeit besaß? Mit einer Weiberwirtschaft konnten sich ihre aufsässigen Untertanen schwer abfinden. Sie waren widerspenstige Landeskinder und verabscheuten es, regiert zu werden, auch als sie sich noch nicht Tiroler nannten.

Adelgunde vom Hittenstein scherte sich nicht um das Geschwätz der Leute. Zimperlich war sie nie gewesen. Eine andere hätte dem tyrannischen Gatten die Kemenatentür verriegelt. In den überlieferten Aussagen wird zwar von einem Sohn gesprochen, jedoch ein Vater nie erwähnt. Besteht hier die Möglichkeit, dass der bezeugte Stammhalter ein Bastard war? Nein. Sogar der leiseste Verdacht einer nichtehelichen Geburt hätte die Jahrhunderte überdauert. Für Adelgundes Treue bürgte allein schon der Mangel an großgewachsenen Männern. Selbst den mächtigen Hittensteiner hatte sie überragt und dergestalt seinen Missmut erhöht.

Um nicht jedes Mal über den Scheitel ihrer Gesprächspartner hinweg ins Leere zu reden, musste sie den Kopf senken, wodurch sich eine Neigung zum Doppelkinn entfaltete. Zunächst ein zarter Ansatz, sanft und äußerst weiblich. Ein musisch begabter Jüngling wie Neidhard fand ihre rundliche Kinnpartie geradezu ergreifend. „Neidhard" steht als Synonym für einen alltäglichen Namen, Ähnlichkeiten mit bekannten Personen sind zufällig und nicht beabsichtigt.

„Herrin, lieblich schimmert Euer Geschmeide", sang er, der Fahrende mit der gängigen Anrede Neidhard. Jedes seiner Worte tönte wie Gesang, ob er nun die Laute schlug oder mit dem Mund voll Wildschweinbraten sprach.

„Tandaradei", stimmte er seine Lieder an, die künftig ein berühmter Minnesänger veredeln sollte. Allein, der

Vogelweider beschrieb eine verschwiegene Nachtigall; Neidhard vertrat eher die Ansicht, Reden könne unmöglich Silber sein, wenn man Gold in der Kehle hatte. Dem einen *syn Ul*, dem andren *syn Nachtigall*, was dem einen Musik, ist dem andren Krawall. Adelgundes Troubadour fehlte es an Diskretion und Ausdauer.

„Wichtelmännchen! Eine Fußbank braucht er, um nach meiner Halskette zu fassen", höhnte sie. Sie hätte ihm verziehen, dass er tiefer gegriffen hatte – seine feige Flucht nach dem Übergriff war unentschuldbar. Umsichtig warf sie ihm den halben Braten und einen Laib Brot nach. Keiner ihrer Gäste sollte hungrig die Burg verlassen!

Der junge Barde fasste den Zuschuss für sein leibliches Wohl falsch auf und sang seitdem Spottlieder auf die männermordende Riesin. „Tandaradei", schmähte er bald allerorts. „Tandaradei, die Herrin hat der Liebsten drei..."

Die Herrin, Gott sei's geklagt, hatte keinen einzigen Liebsten! Poesie zählte zur verlorenen Liebesmüh auf der Burg des rauen Hittensteiners, und nach dessen Dahinscheiden bemühte sich Adelgunde weniger denn je um damenhaftes Benehmen. Erst mit der Hochkonjunktur des Minnesangs kam das verworrene Liebesleben in den Schlössern und Burgen ans Tageslicht. Besitz und Geld bestimmten die Ehe, zu romantischer Liebe verhalfen Dichter und Sänger. Eine derart komplizierte Trennung von Liebe und Ehe schuf unabsehbare Probleme. Gesittete, *zivilisierte* Herren entlohnten nach allen Regeln der Kunst den Schöngeist, die Dame flüsterte ihm eventuell ein „Vielleicht" ins Ohr, und das Wort „Kindersegen" zeugte einst vom Lobgesang der Leiblichkeit.

Neidhards Seitenhiebe gelten als Auftakt der Minnesänger Saitenhiebe. Der Tratsch über seine Fistelstimme, weil ihn Adelgundes Brotlaib an einer empfindlichen Stelle verletzt haben soll, trifft genau den heiklen Punkt zwischen Wahrheit und Dichtung. Doch sind diese Geschichten allzu prickelnd, um sie nicht effektvoll zu ergänzen. Nie, weder im Zorn, noch aus Gedankenlosigkeit, hätte die Burgherrin sträflich Brot verschleudert! Sogar das abgelehnte Gastgeschenk erfüllte einen guten Zweck.

„Verfüttert es den Schweinen!", entschied die energische Frau. Sie tat, als ahnte sie nichts von der Anfechtung unterhalb ihres Geschmeides – bis einer kam, zu dem sie aufschauen konnte.

Immer wieder musste sie beim Regieren unerbittlich durchgreifen, und bald schrieb man ihr Hochmut zu und Hartherzigkeit. Da es den Männern an der nötigen Aufgeschlossenheit mangelte, fehlte ihnen für eine emanzipierte Frau das entsprechende Wort. Allzu selbstbewusstes Frauenvolk wurde wie Getreide behandelt; man drosch es und trennte die Spreu vom Weizen. Solches Brauchtum galt selbstverständlich für eine Herrin vom Hittenstein nicht.

Ob sie stolz war? Jedenfalls wird es behauptet, und ein Körnchen Wahrheit mag dahinterstecken. Vor allem zu Pferd dürfte sie sich ihrer imposanten Erscheinung bewusst gewesen sein. Sie konnte trinken wie ein Mann, als Witwe bald wie deren zwei. Alkoholismus bei Frauen zählte zu den unbekannten Problemen, doch von jeher flossen vergorene Früchte, Beeren, Getreidekörner und ähnliches durch weibliche Kehlen.

Auf ihrem Riesenpferd unterwegs, achtete Adelgunde auf ihr Umfeld, schaute den Bauern auf die Finger und ihren Frauen genau ins Gesicht. Auf ein veilchenblaues Auge reagierte sie heftig. Wiederholungstäter bestrafte sie hart, indem sie die Misshandelte für eine lange Weile zu sich auf die Burg nahm. Ob jede Frau dafür dankbar war? Unerbittlicher als in einer engen Bauernkate herrschte der Winter zwischen eisigen Burgmauern und – das muss auch einmal gesagt werden – die Langeweile.

Bekanntlich standen dem Herrn vom Hittenstein äußerst mittelalterliche Arbeitsgeräte zur Verfügung. Er kam, sah und baute, umging jeden Anschein von Daseinsfreude und lernte aus Erfahrung. Beschauliches Zusammensitzen am Herd passte nicht zum Plan des Bauherrn. „Wer nicht arbeitet, braucht auch nicht zu essen!" Geflügelte Worte, äonenlang sprucherprobt, wurden Gewalthabern regelrecht in den Mund gelegt. Doch jemand wegen eines Bissens Brot zu verfluchen, wäre nach dem Tod des Hittensteiners nicht nötig gewesen. Der Vorwurf freilich, nicht Manns genug zu sein, bitteren Zeiten entgegenzutreten, bleibt der Herrin vom Hittenstein nicht erspart. Wenn sie im Herbst den Zehent einforderte und ihre Boten ausschickte, fluchten die Bauern bestimmt mehr, als sie es bei einem Burgherrn gewagt hätten.

In der Burg sorgte Adelgunde für ihren Sohn Hagen. Meist als anonyme Unperson verleumdet, erscheint er in einer Schrift als „Hagen". Warum? Lag der Hittenstein zu weit entfernt von den Wegen der üblichen Nachrichtenübermittlung? In dem Fall hatte niemand das Nibelungenlied vernommen. Nachdem der Drachentöter Siegfried vom finstern Hagen erschlagen wurde, hatte dessen Titel den Beiklang des Bösen. Unter Umständen erfolgte die Namensänderung des Stammhalters vom Hittenstein im Lauf der Jahrhunderte, einfach im guten Glauben an seine bösen Taten. Freilich lässt sich eine Horde ungebärdiger Untertanen oft besser leiten als ein aufmüpfiger Sohn.

Etwa zu Anfang seines achten Sommers hielt sich der Bengel auch nicht an das Gesetz des Bannwalds unterhalb der Nordkette. Naturverbundene Menschen hatten längst erkannt, dass böse Geister als Verursacher von Lawinen zu Unrecht beschuldigt wurden. Selbst ein Steckenpferd durfte niemand aus den Bäumen schneiden. Klug gedacht und modern, hätte das Wort den Sprachschatz von damals schon bereichert. Modernes Denken und Umweltbewusstsein blieb der Zukunft überlassen, dafür kaum noch ein Bannwald.

Eine überlieferte Darlegung schildert die Katastrophe, die Hagens Schnitzkünste auslöste. Im Bannwald, hatte ihm die Burgherrin streng verboten, dürfe er niemals Tannenbäumchen in Streitrösser verwandeln. Hagen nahm die Mahnung entweder nicht ernst genug, oder er dachte, jener kürzlich entdeckte Platz neben einem Sumpf, wo Dutzende von jungen Bäumen sich ohnehin nur mühsam zum Sonnenlicht durchschlügen, liege abseits der mütterlichen Order.

Diesmal war der vagabundierende Sohn im Ungehorsam zu weit gegangen. Seit der ersten Mahlzeit am Vormittag hatte er sich im Gebirge herumgetrieben, ohne Bescheid zu geben und trotz eines drohenden Gewitters. Die Mutter wollte soeben auf der Suche nach dem Bengel ausreiten und beruhigte ihr nervöses Pferd – alle machte der Wetterumschlag reizbar – da erschien Hagen.

Ausgerechnet während dieses, für seine Straftat höchst kritischen Zeitpunkts, trabte er herbei wie die personifizierte Unschuld. Aus der Nähe betrachtet, war es ein extrem beschmutztes Unschuldslamm auf einem sehr klebrigen Steckenpferd. Am Leinenkittel haftete Morast, Schlamm setzte schwarze Tupfen bis über die kecken, dunklen Augen, Baumharz trocknete auf den Händen und dem Haarschopf. Auf dem Schädel des Buben prangte ein Hahnenkamm, der später in Erinnerung an die letzten Indianer unter der Bezeichnung „Irokesenschnitt" rund zwei Generationen von Müttern zur Verzweiflung bringen sollte. Adelgunde raubte die Kreation das letzte bisschen an Vernunft. An jedem anderen Tag hätte sie die Borsten glättend berührt. Doch jetzt war es nicht Mutterliebe, die sie blind machte, sondern Zorn.

Als hätte ihre Aufregung das Unwetter herbeigerufen, spaltete ein Blitz den Himmel. Schlag um Donnerschlag wurde das Land erschüttert. Es war die Stunde von Afra, der Windsbraut. Auf dem Rücken ihres stürmischen Pferdes unterwegs, lachte sie jedem Orkan ins Auge. Wenn die Bäume zurückschlugen und ihr die Äste wie Lanzen entgegenwarfen, fühlte sich Afra glücklich in ihrem

Element. Endlich, am Höhepunkt der windigen Lüste, kreißten die dickbauchigen Wolken und entledigten sich ihrer Last. Nahezu lückenlos verschmolzen Himmel und Erde.

Aufgewühlt vom Wüten der Naturgewalten, verzweifelt angesichts des Schadens, den die Hagelschloßen auf ihren Feldern anrichteten, packte Adelgunde den Sohn und schüttelte ihn. Nicht allzu heftig, auf dass ihm nicht Hören und Sehen verginge. „Ich werde dir schon ordentlich den Kopf waschen!", drohte sie. Damit war das Unglück spruchreif.

Nun kannte das Waschen des Körpers oder gar der Haare die Bevölkerung vom Hörensagen, riskiert hatte es bloß eine Minderheit. Wie es das Schicksal wollte, hielt die erzürnte Mutter ein Brotstück für ihr Pferd in der Hand. Sofort hieß es, die gottlose Frau habe ihren Stammhalter mit Brot gesäubert und der Himmel hätte sie bestraft. Eine bösartige Unterstellung, die Adelgunde leider nicht ernst nahm.

Das Volk aber schrie: „Die bitteren Zeiten sind gekommen!"

Nicht genug der Kapriolen eines unberechenbaren Wetters und mehrfacher Niederlagen auf dem Weg zur Emanzipation, es scheiterte die Burgherrin als Alleinerzieherin. Stets entwischte ihr das Söhnchen, um Neues zu erforschen. Um fremde Erdteile zu erobern, mussten sie erst entdeckt werden. Die Indianer lebten unter sich und hießen noch nicht so. Ohne Televisionen erfanden Buben ihre Hirngespinste selbst, tobten in Wäldern und auf Bergen herum.

Die Wälder dehnten sich unermesslich aus. Es waren dämonische Wälder, voller Schrecken und Spukgestalten sonder Zahl, unheimlich von den hohen Wipfeln der Bäume bis in die Wurzeln der üppig wuchernden Farne. Wilde Tiere beherbergten sie, in den Niederungen schwebten Irrlichter unter den Erlen, und in mondlosen Nächten fasste es nach dem späten Wanderer, zu Krallen verkrümmt, aus den Ästen der Eichen. Generationen von Bauern widersetzten sich der Wildnis, im besten Einvernehmen mit guten und auch bösen Geistern und stets bereit, hitzige Drachen mit sanften Jungfrauen zu befrieden.

Hagen war munterer als die gleichaltrigen Hüterbuben, Bauernsöhne und Sennburschen. Er hatte auch mehr zu essen, und sein Broterwerb zählte zu den Aufgaben anderer. Außerdem genoss er sein Leben frei von erzieherischen Belästigungen. Klosterschulen befanden sich erfreulich weit weg. Spannende Lektionen, von Minnesängern dem täglichen Einerlei beigefügt, erübrigten sich nach dem groben Abschied Neidhards. Den dreisten Fahrenden und seine Lieder vermisste Hagen, weil er nun über die Hitparade seiner Ära nicht informiert war. Sein Interesse hatte vor allem eine der delikaten Textstellen geweckt, ihren tieferen Sinn hatte er allerdings nicht verstanden.

Es sollte Hunderte von Jahren dauern, bis die Epen der Minnesänger jugendfrei übersetzt wurden. Nicht zu verwechseln mit den Gespenstergeschichten, die man rückblickend als Nachruf aufzeichnete. Solang die Hauptpersonen lebendig herumgeisterten, führte kaum jemand Buch. Auf ewiger Nahrungssuche und sehr heikel, was den Geschmack zarter Jungfrauen betraf, übernahmen die unbeliebten Drachen ein breites Wirkungsfeld der Historien. Gern wurde von Zwergen erzählt, die Schätze bewachten, während Riesen die Reichtümer der Kleinen von oben betrachteten und so, gleichsam in einer höheren Position stehend, sich für die rechtmäßigen Nutznießer hielten.

Riesen logierten hauptsächlich in Höhlen. Wo sollten Bauern einen Giganten unterbringen, der mit seinem Körper die einzige Stube füllte? Die hübschen Mädchen rannten vor ihm davon, meist auch die hässlichen. So wuchs im Herzen vieler Riesen der Groll gegen die menschliche

Gesellschaft im Verhältnis zu seiner Größe. Mit einigen Ausnahmen...

Ein Bauer beschwor, ein turmhoher Mann habe neben seinem Haus mit einem Bären gekämpft. Dann sei er auf der Suche nach der „großen, schwarzen Katze" am nächsten Tag wiedergekommen. Von nun an befreite der Riese den kargen Ackerboden von Steinen. Leider benötigte er mehr Kraftstoff in Form von Ochsenfleisch, als später ein Traktor Sprit fraß. Irgendwann, wahrscheinlich nach der Ernte, verjagten die Bauern den Koloss. Nebenbei und kostenlos hatte er das Land von mindestens zwei Lindwürmern gesäubert, bewies ein Ziegenhirte nachträglich durch die Funde großer Knochen. Da war der Riese schon über alle Berge, und die Mädchen bemühten sich schneller als zuvor, ihre Jungfräulichkeit an den Mann zu bringen, ehe sie wegen eines intakten Häutchens die Gelüste sämtlicher Drachen entflammten.

Das Volk jedoch murrte: „Heute überfallen Drachen unsere Töchter, morgen der heranwachsende Burgherr." Das schallende Gelächter, wenn jemand der Mutter heimlich den Klatsch berichtete, drang bis in die letzte Hütte. Himmelschreiend! „Hört ihr, wie sie lacht? Gott strafe sie, wo der Herr doch kaum zwei Winter unter der Erde liegt!" Adelgunde hatte schon das ideale Volumen für eine gewaltige Stimme. Unbeeindruckt von ihren Dimensionen blieb einzig Hagen.

„Wie gut, dass ich einen so beherzten Sohn habe", scherzte die Gebieterin und schuf sich mit dem vermeintlichen Hochmut weitere Feinde. Stolz auf Riesensöhne lässt sich heute kaum nachvollziehen. Als hätte unser Planet seitdem an Schwerkraft verloren, so scheint den Nachkommen der Gebirgsbewohner die Erde leicht geworden zu sein. Adelgundes Sprössling wäre nur einer von vielen gewesen, die über zentimeterdickem Asphalt und Beton den Anschluss zur Erde verlieren und den Sternen entgegenwachsen.

Vor Geistern war der Burgherrin nicht übermäßig bang, obwohl vor allem in der Kranebitter Klamm der Anteil an unheimlichen Gestalten weit über dem Durchschnitt der sonstigen Geisterpopulation lag. Sie dachte, dass weder Salige Fräulein noch Nörggelen oder der Ruxbux ihrem herzigen Kind etwas Böses anzutun vermochten. Schmolz nicht das Herz der hinterhältigsten Hexe, blickte sie in Hagens fröhliche Augen? Wenn Sagen von blinder Mutterliebe berichten, kommt dabei stets die Herrin vom Hittenstein zur Sprache. Ihre Mahnrufe jedoch bezogen sich auf Wölfe und Bären, die ein wohlgenährtes Herrensöhnchen bestimmt als fette Beute willkommen hießen.

Wahrscheinlich war es an einem milden Spätsommertag, zu lau und undramatisch für die Annalen, als Hagen langsam bergauf wanderte. Mit Pfeil und Bogen bewaffnet, fühlte er sich gut ausgerüstet. Er hätte auch geradeaus gehen können oder bergab, nur fort von daheim wollte er sein, um seine Träume vom Rittertum zu verfolgen. Klug genug, auf den sicheren Wegen zu bleiben, wählte er das gängigste Verfahren, um Personen mit angemessener Geschwindigkeit von hier nach dort zu bringen: Hagen ging gemächlich fürbass. Ein gestriges Menschenkind hätte Karwendel- oder Fitnessmärschen, organisierten Familienwandertagen und Kleinkinder-Wett-Krabbel-Wochen den Laufpass gegeben. Niemand folgte einem vorgeschriebenen Limit, um auf Rundwanderwegen über Berggipfel das Goldene Wanderabzeichen zu empfangen und bei Herzinfarkt ein schmiedeeisernes Kreuz aus heimischer Werkstätte.

Ledig aller Animationen schritt Hagen voran. Frei von rastloser Belustigung dachte er an ein Heldenlied Neidhards. Wie der Ritter, selbst zu Tode getroffen, den Mörder mit einem Schwertstreich von Kopf bis Fuß spaltete, verdankte er schwerer Arbeit und vielen Waffenübungen! Ein armlanger Ast, wie ein Schwert geformt, entzündete Hagens Phantasie.

„Stirb, du Halunke!", ernannte er seinen Schatten zum Gegenspieler. Der Stock durchschnitt die Luft, fuhr in einen Busch – in dem ja Räuber lauern könnten – und scheuchte eine Elster auf. Mit lautem Zetern zog sie ihre Kreise über dem Störenfried. „Diebsvolk!", explodierte Hagen. „Schwarz und hässlich!" Er zerrte den Bogen vom Rücken, doch nur mehr ein schwarzer Punkt verunzierte das Firmament.

Hagen seufzte. Wenn ihm schon, dem Ebenbild seiner Mutter mit denselben braunen Augen und dem dunklen Haar, das zitierte fabelhafte Aussehen des blonden Helden versagt blieb, wollte er umso mehr an Qualitäten gewinnen: „Edel zu schau'n, gescheit in Worten, geizend mit..." Übergangslos stoppte ein grausiges Brummen seinen Lauf. Ungeachtet seiner Todesängste stemmte Hagen die Beine auf die Erde, obwohl der Boden unter seinen Füßen eigentümlich schwankte. Wortgetreu hielt er sich an die Vorgehensweise eines Ritters: geizend mit Flucht.

Doch nur der struppige Schädel des Hüterbuben Anderl tauchte zwischen den Fichten auf – bei dem kam das Knurren eher aus einem hungrigen Magen denn aus einer bärenstarken Brust. Im Sommer trieb er überall sein Unwesen, mehr als alle Drachen und Bären. Ein Freund, so recht nach dem Herzen eines jeden Buben! Seine Rede, hundertprozentig urtümlichster Dialekt, wird nach dem ersten Satz zum besseren Verständnis entschärft.

„Hasch' denkt, i bin a Bär?", freute sich Anderl. Ungerührt betrachtete er Hagens schreckensbleiches Gesicht. Zwei dunkle Höhlen, wo sonst lustige Bubenaugen funkelten, in denen es jetzt tränennass glitzerte. Anderl streckte dem Erstarrten die offene Hand entgegen, auf der schöne, schwarze Beeren glänzten.

„Magst was ess'n auf'n Schreck?", lachte der Freund mit blauschwarzen Lippen, Zähne und Zunge offenbar von denselben Früchten eingefärbt.

Benommen nahm Hagen eine Waldbeere in den Mund.

„Gut?", erkundigte sich sein Quälgeist scheinheilig. „Gell, die sein guat, die Tollkirsch'n. Jetzt bist gleich mausetot…!"

Schon fühlte Hagen ein Gift auf sich wirken, das manchmal bloß Worte ausüben.

„Naa", tröstete ihn der andere behaglich. „Noch brauchst nit sterb'n."

Mit sicherem Griff fasste er in einem Wacholderstrauch nach einer fetten Kreuzspinne und nahm damit ein Heilmittel des künftigen Gelehrten Paracelsus vorweg. „Da, jetzt schluckst g'schwind die Spinnerin!" Er erklärte dem Freund, dass die Kreuzspinne durch den Rachen in seinen Magen krabbeln musste, um dort das Gift herauszuziehen. Dann, wenn die Spinne wieder hochkletterte und ins Freie gelangte, wäre er, Hagen, sofort gesund. „'s dauert halt, bis sie rauskommt aus dei'm Schlund!"

Ohne seinen Freund über mögliche und unerwünschte Wirkungen zu informieren, bot Anderl das zappelnde Arzneimittel an. Das wehrte sich heftig gegen den Missbrauch, womit der Konsumentenschutz gegeben wäre. Hagens Angst vor Spinnen widersprach jeder Logik. Die Spinne, unfreiwilliges Heilmittel, streckte die Beine aus im Bemühen, einen Halt zu finden oder ein dunkles Versteck. Hagens entsetzt offen stehende Mundhöhle wäre genau passend gewesen.

Nur Anderl kannte den Ehrgeiz des Freundes, als Ritter eines ehrenvollen Todes und nicht den Kuhtod im Bett zu sterben. Zum Leistungssoll eines Ritters zählten harte Schläge, die er gleich freudig austeilte und einsteckte. Vorwiegend mit dem Einkassieren kräftiger Hiebe waren die Knappen jahrelang beschäftigt, ehe es nach dem Ritterschlag ans Einhauen ging in die benachbarte Burg oder Stadt. Und bereits einer harmlosen Mutprobe war der junge Held nicht gewachsen.

Allein der Gedanke an das Kribbeln acht schwarzer Gliedmaßen auf der Zunge und in seinem Magen ließ

Hagen die Beere ausspucken. Wortlos hatte der Bub in einem einzigen Aufbäumen des Magens seinem Traum entsagt.

Der Anderl staunte nicht schlecht, was außerdem zum Vorschein kam. „Ja, mei, was die Reichen so in sich reinstopfen!“ Mitleidig verkündete er: „War eh koa Tollkirsch'n nit!“

Wenn auch derzeit in ihren Mägen dieselbe Leere herrschte, so verhalf dem regelmäßig gefütterten Hagen die sprichwörtliche Wut im Bauch zu ungeahnten Kräften. Die Kreuzspinne suchte eilig das Weite. Dem Anderl gelang das nicht. Die beiden versöhnten sich aber schnell. Das männliche Geschlecht behandelt seinesgleichen fast immer recht tolerant.

Der Anderl hütete die Geißen eines reichen Bauern. Was blieb ihm anderes übrig? Er hatte ja sonst nichts gelernt. Sein Freund, von Lernzwängen gleichfalls unbelastet, besaß wenigstens eine gutsituierte Mutter. Er half dem Hüterbuben gern die Geißen zusammenzutreiben. Unverzüglich rochen beide nach Ziegenbock, der Anderl einen Hauch strenger.

So beschäftigt waren sie mit den Tieren, dass der Mann im schwarzen Umhang anfangs unbeachtet blieb. Sehr ausländisch wirkte er, sein Schritt jedoch war berggewohnt. Eifrig schien er etwas zu suchen und bückte sich hin und wieder; in der Nähe der Buben wurde er unruhig. Barsch fuhr er sie an, zu verschwinden. Sie täten besser daran, auf ihre dummen Viecher aufzupassen. „Viecker“, sprach er es aus. „Gesindel“, fügte er hinzu. Ob er mit seiner Anrede die Buben oder die Ziegen meinte, Beleidigungen eines Fremden erschütterten weder echte Vorfahren Tiroler Geißen noch Einheimische.

„Du, das ist g'wiss ein Venediger Mandl“, überlegte Anderl. „So einer hat seinen Spiegel aus Venetien – der zeigt ihm alle Platzl'n, wo's Gold gibt!“

Offensichtlich hielt der geschäftige Ausländer nach Kostbarkeiten Ausschau. Dabei vergaß er auf die Buben und diese auf ihre Ziegen. Möglichst leise bewegten sie sich hinter dem vermeintlichen oder wahren Venediger her. Was wussten die beiden von Fremden, die einmal Gold aus ihren Bergen wollten und ein anderes Mal den ganzen Berg?

„Seid's schon da, könnt's auch 'elfen", wusste der Unbekannte auch sich zu helfen. Mit wenigen Worten verlagerte er die lästige Aufmerksamkeit der Kinder auf ein anderes Gebiet, erteilte leichtverständliche Anleitungen, breitete seinen Mantel aus und legte sich in die Sonne.

Wo auch immer die Siesta erfunden wurde, im Gebirge vermochte sie nie richtig Fuß zu fassen. Nachdem die Buben den Schlafenden gemustert und außer einer verblüffend dunklen Hautfarbe nichts Ungewöhnliches entdeckt hatten, plagten sie sich, wie geheißen, Rasenstücke abzuheben. Anschließend formte der Fremde aus der Erde dreizehn Kugeln, wobei er geheimnisvolle Beschwörungen murmelte. Zwölf der erdigen Knödel steckte er achtlos ein, den dreizehnten gab er seinen Helfern, ihnen hoch und heilig ihr Glück versprechend. Und so ließen sie den Mann unbehindert ziehen, der grußlos seinen Sack schulterte und weitersuchte.

Was sammelte er? Welchen Hort barg sein unergründlicher Sack? Die Buben mochten noch so sehr rätseln, die einfachste Lösung wäre ihnen nie in den Sinn gekommen. Schwammerln! Als erster einer Horde Pilze suchender Grenzgänger brachte der Fremde den Mundraub in sein Heimatland.

Inzwischen kauerten Anderl und Hagen ungeduldig vor dem Geschenk. Anderl wisperte: „'s muss glei Gold werd'n!" Sie geduldeten sich lang, bis eine neugierige Ziege das fesselnde Gebilde entdeckte und mit den Hörnern den runden Lehmball anstieß. Da zerfiel er zu Staub. „Nix als Dreck!", wütete der Anderl. Er lernte schnell aus

Erfahrungen. Niemals wieder ließ er sich für dumm verkaufen und warnte auch Mensch und Tier. Doch nur seine Ziegen hörten auf ihn.

Erst gegen Abend hatten die Kinder die Herde erneut eingesammelt. Der Anderl trollte sich zu Brennsuppe und dem Prügel seines Bauern, Hagen zu Braten und den Tränen seiner Mutter. Jeder hätte gern mit dem anderen getauscht.

Anderl, der wie jeder hungrige Hüterbub Brennsuppe verabscheute, durfte sie am Abend nach der Begegnung mit ihrem „Venediger" wenigstens in Ruhe löffeln. Die späte Heimkehr Hagens verlief nervenaufreibender. Er geriet exakt in die letzten Ausläufer der mütterlichen Tränenflut. Kaum jedoch tauchte Hagen auf – prompt schlug die Stimmung seiner Mutter um. Das widerfährt einer weinenden Frau häufig, wenn der Erwartete in Riechweite ein nach Ziegenbock stinkender Sohn ist.

„Wer nicht hören will, muss fühlen. Schmutzige Kinder finden ein schlimmes Ende!", warnte sie. Statt einer Moralpredigt hätte der Sohn die raschere Abfertigung durch Maulschellen vorgezogen. Teilnahmslos stierte er ins Leere: *Hoffentlich beginnt sie ihre langweiligen Geschichten nicht wieder mit ihrer Großmutter.*

„Das weiß ich von meiner Großmutter", eröffnete sie dem Sohn nichts Neues. Nachdenklich runzelte Adelgunde die Stirn. „Ja, sie hat einen der ärgsten Dreckfinken kennengelernt. Das dürfte nach seiner Rückkehr von seinem anrüchigen Arbeitsplatz gewesen sein, denn die alte Dame hätte ihn vorher kaum empfangen. In seiner Jugend wurde der Wasserscheue vom Schwarzen leibhaftig eingefangen. Der grausige Kerl kam dem Teufel gerade recht: Kürzlich war eine Stelle am Höllentor frei geworden..." Beinahe unglaublich, der Verschleppte diente sieben Jahre als höllischer Torwart! Dann wurde sein Arbeitsverhältnis gelöst, weil er in seiner Verzweiflung begonnen hatte, sich in Schwefelpfützen zu säubern.

„Von nun an pflegte er peinlichste Reinlichkeit", artikulierte die Mutter elegant. „Binnen kurzem erhielt er einen wesentlich angenehmeren Arbeitsplatz als zuvor. Er verbesserte sich gewissermaßen im gewaschenen Zustand."

Adelgunde zauste den rabenschwarzen Schopf des Sohnes, wobei sie die intensive Ausdünstung nach Ziege verstärkte. Getrocknete Erdklümpchen lösten sich aus seinem Haar, goldgelbe Staubwölkchen wirbelten hoch und flirrten im letzten Sonnenstrahl.

Wo er sich herumgetrieben habe, gehörte zu den Fragen, die Mütter nur am Rande bemerken, ohne die Hoffnung auf einen Gedankenaustausch einzuschließen. „Wenn ich es nicht besser wüsste", murmelte sie, „glaubte ich fast, mein Sohn macht Erde zu Gold." Der glitzernde Staub sank langsam zu Boden und zwischen die Dielenbretter. Von dort stieg es auf als Geistesblitz und inspirierte Hagen, gemeinsam mit dem Freund nach Gold zu suchen.

Wer jemals nach Gold grub, weiß um die Mühsal dieser Tätigkeit. Nichts aber weckt mehr Neugierde als zwei Kinder, die plötzlich ungemein aktiv sind. Anderls Bauer hörte bald von der Geschäftigkeit seines Hirten, die nichts mit dem Gewerbe des Ziegenhütens zu tun hatte.

„Ich zieh dir die Löffel lang", drohte er, „wenn du meine Geißen nicht besser hütest!"

„O mei", seufzte Anderl, „schon wieder!" Sein Arbeitgeber hatte ihm die Ohren oft genug in die Länge gezogen – allerdings ohne es vorher anzukündigen. Für Anderl ein Fingerzeig, dass den Bauern die Nebenbeschäftigung seines Hüterbuben interessierte.

„Bauer", schwafelte Anderl, um Notlügen nie verlegen, „ich hab' geträumt, dass auf deinem Grundstück Gold vergraben ist!"

„Ah. Gold?" Ein Wort, das bei einem reichen Mann den höchsten Stellenwert besitzt. „Wo?"

Auweh, dachte Anderl, *wo*? „Zufällig unter deinem Küchenherd. Aber sag mir, ob so was möglich ist. Halt nur ein Traum..."

Nicht immer haben Lügen kurze Beine. Und wie er rannte, der begüterte Bauer, von Goldgier erfasst!

Nachdem er bei Kerzenschein den alten Küchenherd abgerissen hatte, fand er tatsächlich einen irdenen Krug, randvoll mit Kostbarkeiten. Vielleicht hatte sie einer seiner Ahnen versteckt – in Kriegszeiten oder aus purer Habsucht. Wohl eher aus Geiz, denn Raffgier wurde seit Generationen in der Familie des Bauern vererbt. Sein Hof war ja keine der strohgedeckten Katen. Hätte er in dem sonst üblichen einzigen Raum graben müssen, wo alles in Ofennähe schlief, wäre dem Knauser sein Vorhaben kaum heimlich gelungen.

Zwischen Mitternacht und dem ersten Morgengrauen erlebte der armselige Geist des reichen Mannes nie gekannte Wonnen. Während er sich am Glanz berauschte, polierten seine Finger mit sinnlicher Lust Goldmünzen. Zärtlich senkte er dann den vollen Krug in dasselbe Loch. Über die Fundsache verriet er kein Sterbenswörtchen. Die Bäuerin freute sich trotzdem, weil sie eine neue Kochstelle erhielt, sogar mit Backofen. Ihr mochte dieser Luxus einem Wunder gleichen. Nur für den Anderl blieb nichts zum Wundern übrig.

Tagelang ackerten die beiden Buben auf der Suche nach Gold Bergwiesen um, ohne mehr zu erreichen als gepflügtes Weideland und verstörtes Vieh. Das Machtwort der Herrin vom Hittenstein beendete den Spuk. Ein Glück, freute sich Hagen, dass sie sich wenigstens nicht mehr die Augen nach ihm ausgeweint hatte! Adelgunde erhielt seit einigen Monaten Herrenbesuch. Da weint eine Frau angesichts kosmetischer Folgen ungern.

An einem frostigen Wintermorgen war plötzlich, gleichsam in einer Rauchsäule wandelnd, vor dem Burgtor ein hünenhafter Mensch aufgetaucht. Der Atem, den sein mächtiger Brustkasten ausstieß, hatte sich in der kalten Luft zu gewaltigen Dampfwolken kondensiert, die sich nach seinem „Hollah“ noch verdichteten. „Hollah, ein frierender Wanderer bittet um Einlass!“

Selbst die Burgherrin hatte anfangs gezögert, diesen ungewöhnlichen Gast willkommen zu heißen. Zunächst betörte sie seine raue Stimme, der nichts vom Säuseln eines Minnesängers anhaftete. Hauptsächlich bat sie ihn seiner Größe wegen herein. Wie einsam sie sich gefühlt hatte – falls die verbürgte Hässlichkeit von Riesen stimmt – bestätigt ihre rasche Abkehr von jeder Männerfeindlichkeit. Als er die schweren Lider hob, als seine freundlichen Augen sie bewundernd anblickten, empfand sie das Stroh über dem eisigen Steinboden wie glühende Kohlen. Es wollte kein Ende nehmen. Diese Hitze, und weil es so sein sollte, nahm es kein Ende.

Nachdem aber im Anschluss an seinen ersten Besuch ihre Mondphase viel zu früh eingesetzt hatte, blieb sie ihm drei Tage fern. Drei lange Tage, die ihr wie Jahre erschienen. Dann ergab sie sich dem neuen Zauber, allerdings nicht ohne innerliches Auflehnen. Es lag an ihr, den Abstand vom Dünkel der Herrschenden zur offensichtlich niederen Herkunft eines geliebten Mannes zu überbrücken.

Er ließ sich Thyrsus nennen. Vermutlich, weil er im Seevelt am Dirschenbach wohnte. In unseren Zeiten hätte er kaum Aufsehen erregt. Damals erschreckte sein Äußeres die kleinwüchsigen Menschen. Sie sagten sich wohl, ein riesiger Körper verschaffe einem bösen Charakter den nötigen Freiraum. Doch Thyrsus gehörte einer friedlichen Rasse an – das aber verschweigen alle Erzählungen. Außerdem war er ungemein ängstlich. Besonders fürchtete er Drachen. Trotzdem erklärte er die Drachenjagd zu seinem Lieblingssport. Diktiert von der unsagbaren Liebe, redete er sich um Kopf und Kragen.

Die schauerliche Mär seiner Attacken gegen feuerspeiendes Geziefer bereicherte bald die Abende in der Burg.

Ja, Thyrsus log so gewaltig, dass sich die Balken im Palas zu einem Deckengewölbe bogen.

„Ihr denkt womöglich“, polterte er, „das Schlimmste ist der Kampf?“

„Kämpfen macht Spaß!“, krähte Hagen, obwohl er seiner Stimme gern einen männlichen Ton verliehen hätte. Kehlkopf und Verstand des Burschen schlugen seit einem halben Jahr manchen Salto. „Aber diese Drachen...“, jetzt sprach er im tiefsten Bass. „Gift setzen sie ein, heimtückisch und unritterlich!“

„Aber nein“, protestierte ein fast zahnloser alter Mann. „Es liegt am schadhaften Gebiss dreihundertjähriger Drachen! Tiefe Löcher in den Zähnen, in denen sündhaft viele Essensreste verfaulen. Wen dieser Gifthauch trifft, vergisst aufs Atmen.“

Eine anregende Idee! Thyrsus beschloss, sie demnächst auszubauen. Weitere Spekulationen erstickte er im Keim: „Das kann nur jemand behaupten, der nie dabei war! Die ärgste Gefahr droht durch das Blut. Dickflüssig ist es und fast schwarz, zieht die Haut eines Menschen schmerzhaft zusammen, trocknet rasch und stinkt abscheulich. Das ist aber noch das kleinere Übel! Wenn das Scheusal kurz vor seinem Abgang eine Jungfrau verschlungen hat, dann strömt das Blut hellrot und so schnell hervor, dass kleinere Männer in dem Blutbad ertrinken...“

Den Text spannender zu gestalten, legte er eine Pause ein. Beinahe hätte ein mageres Knechtlein den Riesen in die Enge getrieben. Auf die Frage nach der höchstmöglichen Anzahl von Köpfen zum Abhacken war Thyrsus nicht vorbereitet. Drei Herzschläge lang herrschte beklommenes Schweigen. Vier schnelle Pulsschläge lang dachte der Riese nach.

„Befass dich nie, niemals mit den Köpfen! Die bewegen sich so geschwind, dass du vor lauter Zählen vergisst, den Drachen auch nur um einen Kopf kürzer zu machen. Du schaust am besten nicht hin und rückst dem Schuppenpanzer zu Leibe." Stolz auf seinen Geistesblitz blickte der Hüne in die Runde. „Drachenblut macht unverwundbar. Fügt eurem Drachen viele, doch nie sehr tiefe Wunden zu. Stecht ihn mit dem Speer statt mit dem Schwert, dann quillt das Blut langsamer und ihr könnt wegspringen, ehe sich der Schwall über euch ergießt. Wollt ihr euch das merken?"

Weshalb sollten sie? Für arme Leute bestand striktes Jagdverbot und Drachentöten gehörte zu den Pflichten der Giganten oder Burgherren. Jedenfalls hätte Thyrsus wegen seiner Großsprecherei beinahe den sagenhaften Lindwurm in der Sillschlucht suchen müssen. Sein Geschick sollte anders verlaufen.

Thyrsus beschränkte sich jedoch keineswegs aufs Reden, sondern leistete auch jene Aufgaben, denen sich keine Frau, und sei sie noch so emanzipiert, gewachsen fühlte. Zunächst hob Thyrsus das schwere Burgtor aus den Angeln und schmierte es mit Bärenfett. Das Verstummen des Portals brachte auch jenes Gerücht zum Schweigen, beim Eintritt in die Burg knarre es wie auf einem Geisterschloss. Um seine Tugenden voll zu machen, entpuppte sich der Riese als berauschender Trinkkumpan.

Ob er gern über Nacht geblieben wäre? Die Antwort bereitet auch im Nachhinein keine Schwierigkeiten. Es ist schon ein Problem, immer ein guter Riese zu sein. Oft hätte Thyrsus lieber einen schlechten Charakter besessen. Dann hätte er die Eichentür zu Adelgundes Kemenate eingetreten oder gleichartige Maßnahmen gesetzt, die einem bösen Riesen gut von der Hand gingen und manchmal sehr überraschend beim schwachen Geschlecht den Durchbruch schafften. Solch drastische Schritte lagen dem hölzernen Verehrer der Burgherrin fern.

Wie nur ließ sich die richtige Frage in artige Worte fassen?

„Liebste Freundin, du willst mich doch nicht wieder fortschicken?"

Bei den sanften Lauten, die weder zu einem Riesen, geschweige denn zu einem erbarmungslosen Drachentöter passten, bei dieser Stimme, die noch dazu von oben erschallte, wäre sie beinahe schwach geworden. Endlich ein Mann, zu dem sie aufschauen konnte, einer, der auf keinen Schemel klettern musste, um…

Weshalb, Ihr guten oder bösen Mächte, verstiegen sich ihre Gedanken viel weiter? Aber „Geduld, lieber Freund“, rief sie.

Je öfter sie ihn abwies, desto lauter übertönte ihre Stimme echte Gefühle. Entsprach doch ihre ablehnende Haltung keiner Geziertheit, sondern einer sehr weiblichen Sorge, die in jedem Lebens- und Zeitalter gleich lautet: „Ich bin zu dick!“ Ein schwerwiegender Kummer. Aus starkem Leinen hatte sich Adelgunde einen Schnürleib anfertigen lassen, der ihre Körpermitte in Form hielt. Jetzt fürchtete sie, seine Hände könnten den Betrug ertasten. Derart gerüstet, wandelte sie einer Festung gleich. Der Panzer schützte sie mehr, als es ein Keuschheitsgürtel getan hätte.

Während sie ihre Ängste verschwieg und darunter litt, während ihm Drachen Furcht einflößten und ihn sein Schweigen peinigte, sprachen sie über allgemeine Bedürfnisse. In einer Epoche, in der die Lebenserwartungen ohnehin niedrig lagen, zerredeten sie das Heute und träumten vom Morgen. Zwei Eintagsfliegen, die wegen des schlechten Wetters ein Stelldichein auf den nächsten Tag verschieben.

„Wie kommt es, dass mir der Weg zu dir so kurz erscheint und der Heimweg dauert so lang?“, fragte er.

„Wie kommt es“, spottete sie, „dass du jedes Mal bei Sonnenaufgang zurück bist?“

Kleinlaut verbarg er das wahre Motiv hinter einem Scherz: „Das kommt davon, weil ich auf Freiersfüßen laufe!“

In Wirklichkeit lief der Vorgang anders. Allein beim Gedanken, nachts über schlafende Drachen zu stolpern, starb der Riese tausend Tode. Seine Drachenpanik war ein stets gegenwärtiger schriller Angstschrei irgendwo im Hinterkopf; jeder drachenähnliche Schatten führte unweigerlich zu Attacken von nächtlichem Lindwurmgrauen. Wollte er sich vor der Fußreise nach dem Seevelt Mut antrinken, versagten ihm bei zu viel feuchtfröhlichem Wagemut die Beine. Geschüttelt von der bis heute unerforschten Drachnophobie, nahm er lieber in nächster Nähe Quartier. Er schlief auf Tennen oder am Boden einer Bauernkate. Hier trieb seine bizarre Erscheinung, ehe sich die Frauenwelt dem Lockruf des Exotischen im Süden hingeben durfte, manches faszinierte Bauernmädchen in sein Lager. Was immer er anstellte, dem Riesen misslang auf die eine oder andere Weise der getreulich angestrebte Heimweg.

Bemerkenswert schnell fand er einen Ausweg, der selbstverständlich die Kräfte eines Riesen erforderte. Er bahnte sich einen Übergang oberhalb des Inntals. Weit entfernt von Sümpfen und Dickicht, wo laut hartnäckigen Gerüchten die meisten Drachen hausten, hackte Thyrsus trittsichere Pfade in Abhänge. Einige Stellen ebnete er ein, schlug Brücken über Schluchten, erweiterte vorhandene Höhlen zu Durchgängen und benützte überhängende Felsen als Lawinenschutz. So klug durchdacht hatte er sein Werk, dass die Erbauer der Eisenbahn nach Seefeld seine alte Trasse nur noch verbreitern mussten.

Unbehelligt von Tatzelwürmern und Weibervolk besuchte nun Thyrsus seine Freundin. Sicher wären die beiden in absehbarer Zeit die Stammeltern von Riesen geworden. Wer hätte es je gewagt, diesen kolossalen Tirolern zu widerstehen? Doch das Auftreten einer anderen langen Mannsperson änderte den Lauf der Entwicklung.

Ein Turm von einem Mann betrat die Bühne der Geschichte; ein wandelnder Berg schritt über die Grenze. Woher stammte er? Er war nicht gesprächig, und man erfuhr nie, ob er aus Italien oder dem schweizerischen Rheinland kam. Haymon hieß er, das genügte.

Vom Ehrgeiz besessen, der Stärkste zu sein, und, da er bereits das kommende Alter in den Knochen spürte, seine führende Rolle auch zu behalten, zog er unstet umher. Jeden Mann, dem man Bärenkräfte nachsagte, betrachtete Haymon als Herausforderung. Nun rühmte sich ausgerechnet eine Gegend des Landes im Gebirge eines unbesiegbaren Drachentöters! Haymon, dem dieser Titel fehlte, weil er nirgends Lindwürmer aufgespürt hatte, plante zum ersten Mal zwei Handlungen im Voraus. Zuerst wollte er den Widersacher erledigen, der ihm alle Drachen wegschnappte.

Inzwischen stählte er seinen Körper durch Übungen. Er stemmte die schwersten Felsblöcke und erfand nebenbei eine neue Sportart, den Weitwurf von Steinen. Mit dieser Meisterschaft schuf er die Voraussetzung für eine unvergessliche Hilfeleistung in der Wiltau. Der Überlieferung nach geschah Haymons gute Tat – der sich unbewusst schon vorher als Wohltäter zeigen sollte – nachdem viel Blut geflossen und Haymon ein anderer geworden war. Eine Läuterung, wie sie manchem in dieser Reihenfolge widerfährt.

Auf der Suche nach seinem neuen Gegner stapfte er durch das Seevelt mit dem sinnlosen Krach, zu dem sich Leute seines Schlages verpflichtet fühlen. Das Getöse erschreckte die Menschen so sehr, dass sie sich schleunigst verkrochen. Niemand wollte ihm die Richtung weisen. Ohne Informationsstellen für eilige Touristen galt es früher, liebenswürdig und höflich um Auskunft zu bitten.

So trottete Haymon in das Inntal hinunter mit mehr Aplomb, als für ihn gut war. Die Anrainer schätzten sich glücklich, als das Gepolter hinter dem späteren Zirler Berg verklang. Noch heute haben sie das entsetzliche Geräusch im Ohr. Hören sie noch immer diesen lasterhaften Riesen, oder sind es bereits die Riesenlaster?

Zu guter Letzt spürte er ein Bäuerlein auf, das nicht schnell genug ein Schlupfloch gefunden hatte. Das wurde nun gepackt und durchgebeutelt.

„Wo ist er?“, schrie der Gigant den Einheimischen an.

„Wo ist er?“, brüllte er noch lauter, weil der Fassungslose nicht reagierte.

„Wo ist er?“, donnerte es von dem Felsen zurück, der seitdem Fragenstein heißt.

„Wer?“, piepste der Unglückliche.

Der Unhold hob das Bäuerlein höher und malträtierte dessen Trommelfell aus der Nähe: „Der andere!“ Dröhnend entrang sich ihm eine deutlichere Formulierung: „Der andere – so einer wie ich. Der kleinere Große!“

Der Befragte war seinem Quizmaster um Frequenzbereiche voraus. „Thyrsus? Bei der Herrin vom Hittenstein“, gurgelte er und fiel in Ohnmacht. Das nutzlose Bündel Mensch entsorgte der gewaltsame Fragesteller gleich eines heimlich beseitigten Abfalls. Er warf es in den nächsten Graben. Zum Glück kollerte der Arme nicht weit. Hätte er im anderen Fall seinen Bericht – mit ausdrucksvollen Ergänzungen – darstellen können?

Das Lärmen des wilden Gesellen blieb nicht ungehört. Haymons Gepolter versetzte eine Schafherde in Aufruhr. Der junge Hüter hatte alle Mühe, dass sie ihm nicht in den naheliegenden Morast geriet. Viel zu wütend, um Angst zu empfinden, überlegte der Bursche, dem Rüpel die einseitigen Späßchen zu verderben. Mutig stellte er sich ihm in den Weg. Scheinbar ehrerbietig schaute er zu ihm auf. Weit legte er den Kopf in den Nacken, um das Trumm Mannsbild zu überblicken. Nun zitterte sein Mund doch leicht, als er ihn anredete: „Meiner Seel’, bist du aber stark!“ Auf Schmeicheleien zu bauen, hatte ihn sein kurzes, hartes Leben gelehrt.

Sein Gegenüber schien genau der Richtige dafür zu sein. Der zerkugelte sich schier vor lauter Eifer und Stolz. Geradezu selig blickte er unter den dicken Augenwülsten hervor auf seinen ersten freundlichen Gebirgsbewohner. Entgegenkommend holte Haymon aus, um einen großen

Stein möglichst weit zu schleudern. Ausgerechnet in Richtung Schafherde!

Flink wehrte der aufgeweckte Hirte ein Unheil ab: „Kannst lei Stoaner schmeiß'n?"

Der Riese ließ sich nicht zweimal bitten. Er quetschte den Stein mit seinen Pranken so heftig, dass einige Tropfen Wasser hervorperlten. Den kleinen Hirten übermannte der Schreck. Sollten ihm die Ideen ausgegangen sein? Nein. Rasch bückte er sich und hob scheinbar einen Feldstein auf. Verstohlen hatte er ein Stück Käse aus dem Janker geholt. Eisern presste er die Hand zusammen, und schon sickerte ihm ein Rinnsal durch die Finger. „Da schaug'st, du Lackl!", lachte er schadenfroh.

Haymon konnte es nicht die Rede verschlagen, weil er bis jetzt kein Wort gesprochen hatte. Stumm und leise wie noch nie in seinem Leben schlich er davon. Damals begann sein Leiden; elend und unerlöst wie jedes namenlose Übel, bis es endlich als „Depression" amtlich wurde.

Zu einer vorteilhaften Wandlung oder gar zur Selbsterkenntnis verhalf Haymon die Niederlage beim Steindrücken nicht. Seine erste gute Tat beging er versehentlich im Vorübergehen: Aus Verzweiflung und unbändigem Zorn köpfte er die Wipfel der Bäume nahe der „Langen Wiese". Binnen kurzem versumpfte die Niederung wie schon einmal, Wasserpflanzen verdrängten das saure Gras und den unkomplizierten Flurnamen Lange Wiese. Eingedenk der ehemaligen römischen Besatzungsmacht entstand aus dem Lateinischen „ulva" für „Schilf" das Wort „Ulfis".

Dieser Baumfrevel hätte Haymon ohne Federlesens an den Galgen gebracht, wäre das Aufknüpfen von Riesen nicht dermaßen kompliziert gewesen, dass man lieber die Kleinen hängte. Und doch zählt das früheste Baumsterben Tirols zu Haymons guten Taten, weil er ein vorausgesagtes Unglück hinauszögerte.

Laut Fama sollten die Schweizer an jenem Wiesenstück ins Land einfallen, sobald dort genug große Bäume wuchsen, um Pferde daran anzubinden. Offenbar waren auch die Schweizer dem Umweltschutz nicht immer grün. Jedenfalls sollte auf der Ulfiswiese ein mörderisches Gemetzel ausbrechen. Haymons gedankenloses Verhalten verhinderte die Katastrophe nicht, schob sie aber auf. Die Heimsuchung ereignete sich laut Prophezeiung, jedoch viel später.

Als dann während der „Schlacht auf der Ulfiswiese" das Köpfe abhacken zum Vorteil der Feinde abrollte, da griffen die tapferen Tiroler Frauen ein. Es gab ihrer schon mehr als zu Haymons Zeiten. Durch ihre Tapferkeit und mit List entschieden sie die Schlacht zugunsten der Tiroler. Auch die Durchtriebenheit der Evastöchter hatte sich im Lauf der Jahre entwickelt. Nun wussten sie ja Bescheid, dass ihre Urahnin einer Rippe Adams entsprungen war und fühlten sich autorisiert, auf den Mann wegen seines ramponierten Körperbaues herabzusehen. Der gegnerischen Männerschar blieb keine Chance. Es wird berichtet, dass an jenem Tag der Schweizer Stier über die Grenze brüllte, auf Schwyzerdütsch selbstverständlich. Das Land im Gebirge verdankt allein seinen prächtigen Frauen den Fortbestand der wohllautenden Tiroler Mundart.

Aufgrund der Wettkampfmethoden des Schafhirten, von dessen Regelverstoß der fremde Riese nichts ahnte, änderte er sein Trainingsprogramm und trimmte sich verbissen im Steindrücken. Eine lautlose Sportart, dementsprechend hörte ihn niemand, als Haymon die Sillschlucht erreichte und dort in eine Höhle zog.

Der Unstern erhob sich einen Mondumlauf später. Bei Vollmond? Das kann fast hundertprozentig angenommen werden. „Musst dich in Acht nehmen vor so einem Mond", hatte vor kurzem Adelgunde ihren Verehrer gewarnt. „Mit dem ist nicht zu spaßen!" Es war eine milde Vollmondnacht gewesen, und wäre er nicht zuvor mit Worten und Gesten in Drachenblut gewatet, sie hätte ihre Phantasien ausgelebt. So aber begleitete sie ihn nur zum Burgtor und bewunderte seine Tapferkeit, die ihr zugleich den Mut nahm, ihn zu Bleiben aufzufordern.

In der Hoffnung, Adelgunde beim nächsten Vollmond zu bezaubern, suchte Thyrsus nach der aktuellsten Herrenmode. „Erinnerst du dich noch“, fragte er den Schuster, „wie ich dein schwaches Öchslein ausspannte und eine ganze Fuhre Baumstämme auf die Anhöhe schaffte? Ich habe mir für deinen Hausbau mein letztes Paar Stiefel ruiniert.“

Der Schuster seufzte. Ihm war dieser Beistand nur teilweise recht gewesen, und er wollte nicht einsehen, weshalb er jetzt für einen Riesenspaß bezahlen sollte. Denn zuletzt hatte Thyrsus die hübsche Schustermeistergattin auf die Wagenladung gehoben, wofür er trotz seiner Kräfte ungewöhnlich lang und beide Hände benötigt hatte. „Siebenmeilenstiefel tät ich dir gern anpassen“, murmelte der Schuster. Sein Kunde, derzeit etwas illiquid, überhörte die Anzüglichkeit hinsichtlich einer weiten Reise. Wohl oder übel nahm der Schuster Maß – so knapp wie möglich. „Wachsen“, brummte er, „werden deine Füße hoffentlich nicht mehr!“

An Garderobe litt der Hüne keinen Mangel. Dafür sorgte die Weiblichkeit, die nicht oft genug seine Kleidergröße abmessen konnte. Welchen Spaß doch das Anprobieren seiner Beinkleider bereitete! Die älteren Frauen wurden des Staunens nie müde, während ihre Töchter die Prozedur mit unterdrücktem Kichern begleiteten. Vor allem, wenn die Nähte nicht hielten.

Nichts hatte Thyrsus darauf vorbereitet, dass durch einen dahergelaufenen Riesen seine Tage auf der Burg gezählt waren, sonst wäre er gewiss bei der Darstellung seiner neuesten fiktiven Drachenjagd zurückhaltender gewesen.

„Unterhalb des Zirler Berges, wo ein Wildbach auf seinem Lauf zum Inn oft verheerend wütet, brach ein furchtbarer Hagelsturm los“, beschrieb er sein Abenteuer und untermalte die Episode mit anklagenden Blicken zur Burgherrin: *Deinetwegen, allein deinetwegen nehme ich diese Strapazen auf mich! Nur du treibst mich bei Wind und Wetter ins drachenverseuchte Gebiet!*

Sie starrte zurück, senkte auch die Lider nicht, als sie seinen Vorwurf spürte und die ungestellte Frage. Adelgunde dachte an Neidhards stürmischen Annäherungsversuch und wünschte sich mit einem Mal, Thyrsus packte fester zu. Kühn und unerschrocken wie er war, sollte ihn auch ihr Schnürleib nicht hindern, sein Ziel zu erreichen! Und waren dem Freund die anliegenden Kniehosen um die Hüften nicht zu eng geworden? Wölbte sich unter seinem Leinenhemd nicht ein stattlicher Bauch? Litt er deshalb unter denselben Hemmungen wie sie? Nein, sonst hätte er seinen Wanst unter einem Umhang verborgen! Aber wie fein er sich mit einer Samtkappe herausgeputzt hatte. Verwegen über seine drahtigen Haarbüschel gestülpt, hatten alle zunächst gelacht, auch Thyrsus, nur Adelgunde war ernst geblieben.

Schwere Sorgen bedrückten die Herrin vom Hittenstein. Einmal noch, dachte sie, muss ich dich fortschicken. Eine kurze Trennung schadete nie. Ob sie ihn liebte? Auf ihre Weise betete sie ihn an. Sogar seine Knollennase? Nun, die vielleicht nicht. Sie entsann sich der zart gebogenen Nasenflügel des hübschen Minnesängers; die Tatsache, dass Neidhard attraktiver und schlanker als Thyrsus gewesen war, verlieh ihr ein geradezu boshaftes Vergnügen. Ja, das freute sie, und sie lächelte. Tandaradei...

Arglos las Thyrsus Verheißung in ihren dunklen Augen, wo eventuell nur liebevolle Nachsicht lag, so wie er den Drachen vor sich sah, als wäre er ihm leibhaftig begegnet.

„Und dann kam er!“, dröhnte der Riese.

Ein entsetzter Ausruf Hagens: „Wer? Der Lindwurm?“

„Nein, zuerst tobte der Bach durch das Tal, als wollte er mich verschlingen. Baumstämme, dreimal so groß wie ich, Felsbrocken, fast so hoch wie der Bergfried! Dann sah ich ihn. Mitten in den Fluten ringelte sich zuckend ein riesiger Leib..."

„Das glaub ich nicht", kicherte eine Magd.

Wie schnaubte sie da Hagen an: „Sei still, du Närrin!"

Befahl ihm nun die Burgherrin zu schweigen? Nichts dergleichen geschah. In Bezug auf den Sohn verhielt sie sich genauso nachsichtig, wie es überliefert wurde. Noch dazu entsprach das attackierte Persönchen zum Leidwesen der schwarzhaarigen Burgherrin haargenau dem Schönheitsideal. „Blond und dumm wie Bohnenstroh", zischte sie.

Thyrsus schüttelte den Kopf. Auffallend liebenswürdig wendete er sich an das vorlaute Mädchen: „So, du glaubst mir nicht? Dann schau dir die Wiesen an, vergiftet vom Pesthauch des Drachen, hier wächst kein Gras mehr!" *Gott sei's geklagt*, dachte er, *Adelgunde, du siehst giftiger drein als der bösartigste Tatzelwurm. Wärest du ein Drache, das junge Ding fiele tot um!*

„Das Monster krümmte sich in Schmerzen", donnerte der Held und griff die Gedanken der Herrin auf, die soeben der hübschen Magd dieselbe Pein gewünscht hatte. „Wild schlug es mit dem stachligen Schweif um sich, Wasserdampf quoll aus dem Rachen. Der Wildbach hatte ja sein Feuer gelöscht, doch der kochend heiße Dampf dünkte mich beinahe gefährlicher als das übliche Feuerspeien. Und ich war ohne Speer unterwegs. Nur mit einem Baumstamm, den mir der Bach wie ein Geschenk des Himmels vor die Füße legte, habe ich den Drachen erschlagen. Den Rest erspare ich euch, damit ihr nachts schlafen könnt."

Außerdem deutete ihm Adelgunde, die Plauderei zu beenden, es gebe Wichtigeres. *Wichtiges? Habt Dank, Ihr guten Mächte!* Er hätte die Burgherrin kennen und sich auf eine Enttäuschung gefasst machen müssen. Legenden beschränken Beischlaf auf ein Minimum, um nicht vom tieferen Sinn der Sage abzulenken. Kinder kommen auf die Welt, weiß der Himmel, woher. Leidenschaft bricht aus und hinterlässt ein unbefriedigtes Gefühl, als stünde mehr dahinter. Frauen und Männer sterben aus unerfüllter Liebe, Gott weiß, warum.

Das folgende Gespräch verlief bekanntlich ohne Augenzeugen, doch gewisse Einblicke in das verwickelte Liebesleben des Riesenpärchens erlauben eine ziemlich wahrheitsgetreue Interpretation. Eine Geste des Riesen allerdings spionierte, die Stirn erbittert gefaltet, die vorlaute goldhaarige Magd aus. Sacht strich Thyrsus, noch ehe sie allein waren, mit der Hand über den Arm der Herrin.

„Wie herrlich glatt", flüsterte er. Nirgends unter dem kräftigen Fleisch spießten sich Ecken und Kanten, rund der Ellenbogen, betörend die Falte über dem molligen Gelenk. Und doch... Seiner Handfläche wollte der Kontakt nicht gelingen. Als läge über der samtigen Haut der geliebten Frau ein unsichtbarer Film, als hätte sie in vielen einsamen Jahren eine Abwehrschicht aufgebaut. Geduld, hatte sie gesagt. Manchmal aber wird die Geduld eines Mannes auch belohnt! Seine Finger krümmten sich, ballten sich zur Faust...

„Thyrsus", mahnte sie.

„Nein, Adelgunde", entgegnete er.

„Noch eine dringende Arbeit", bat sie.

Er nahm seine Pranke von ihrem Arm. Arbeit würde guttun! „Soll ich das Burgtor schmieren?" Eine geringe Strapaze, verglichen mit der Pflege von Toleranz und Moral.

Sie schüttelte den Kopf, dabei löste sich eine Haarsträhne. Um dieser schwarzen Locke willen, die sich weich um ihren Nacken ringelte, wollte er alles tun, verziehe er ihr alles.

„Thyrsus, bitte. Du musst sofort den nächsten Drachen töten!"

„Soll ich dir zuerst einen Bergfried errichten, der jedem Feind friedliche Gedanken vermittelt?", suchte er die

Freundin von ihrer fixen Idee abzulenken. „Ich bin stark, schon im Winter kannst du… können wir einziehen!"

„Der Drache geht vor."

„Lass uns die Burg erneuern. Sag mir bloß, wann ich…"

„Thyrsus, in der Sillschlucht geschehen unheimliche Dinge. Ein Poltern und Dröhnen ist zu hören, riesige Steine werden herumgeschleudert und stauen den Fluss. Die Wiltau leidet unter Überschwemmungen. Meine Bauern sind verzweifelt."

„Das bin ich auch!"

„Verbohrt bist du! Dass täglich Schafe verloren gehen, betrifft dein Arbeitsfeld."

Sein Handwerk? Des Riesen Entsetzen wuchs zum Riesenschreck an. Verstört brach er in höhnisches Gelächter aus, was sehr natürlich klang, da er genügend Anlass hatte, sich zu verspotten. „Eigenartiger Lindwurm", trieb er krampfhaft den Scherz weiter, „der scheint die Schafe gebraten zu fressen!"

„Es wird der Feueratem sein", murmelte die Frau.

„Feueratem?", schauderte Thyrsus. Entschlossen fügte er hinzu. „Ich bin es leid, ständig auf Drachenpirsch zu gehen. Soll doch ein anderer…"

„Du bist mein einziger Drachentöter, der letzte im ganzen Landstrich", schnurrte Adelgunde.

„Nun ja, liebste Freundin." Er hustete, seine Stimme sprach nicht an. „Doch bin ich müde und schließlich nicht mehr der Jüngste. Es gibt andere Hilfsmittel, eine Jungfrau zum Beispiel."

„Seit du diese Gegend abgrast", unterbrach sie spitz, „trifft man weit und breit keine Jungfrauen mehr, habe ich mir sagen lassen!"

Verlegen senkte er den Kopf: „Die Leute reden eben. Das tun sie auch über uns, und du weißt am besten, wie wenig dahintersteckt."

„Ich verspreche dir…", flötete sie.

„Was?", hakte er nach.

„Wenn der Drache tot ist..."

„Ja?", drängte er und verging fast vor Ungeduld. Allein die wiederholten Anspielungen der Mägde über die Handgreiflichkeiten eines gewissen Neidhards bewahrten nun Thyrsus vor einem ähnlichen Ausrutscher.

„Dann bin ich die Deine!", zirpte sie und senkte die Augen. Und er, harmlose Männerseele, sah nicht den lauernden Blick, der hinter den halbgeschlossenen Lidern glühte.

Freude erfüllte Thyrsus – und schwand dahin. Bekümmert suchte er einen Ausweg: „Wenn Hagen ein Mädchen wäre..."

„Du willst doch nicht mein einziges Kind..."

„Man muss Opfer bringen", verkündete er großspurig. „Ich könnte dein Kind ja befreien. Schade, dass du keine Tochter hast. Wie oft erträumte ich mir die Rettung einer Jungfrau!"

„So viel ich gehört habe", zischte sie, „hast du regelmäßig das Gegenteil getan!"

Zerknirscht suchte er zu vermitteln: „Bald wird Hagen alt genug für die Drachenjagd sein. Willst du Schuld daran tragen, dass keines der Viecher mehr am Leben ist? Wie soll der junge Herrscher nach der siegreichen Auseinandersetzung im Drachenblut baden und unverwundbar werden?"

So schnell gab sie nicht auf: „Vielleicht hat das Biest Eier gelegt?"

„Ich habe noch nie Dracheneier gesehen", brummte Thyrsus.

„Ach, so ist das!" Ein schrecklicher Verdacht breitete seine Drachenschwingen aus.

„Nein, das hat andere Gründe", erwiderte er schnell. „Drachen legen ihre Eier weiter im Süden. Dort ist es wärmer!"

„Wir holen uns ein Jungtier aus dem Gelege, später", hoffte Adelgunde.

„Ja, wie du dir das vorstellst. Die Südländer haben genug Söhne und brauchen jeden Tropfen Drachenblut. Eines Tages kommt so ein unverwundbarer Krieger und will mit deinem Sohn kämpfen."

Damit hatte er ein echtes Problem angeschnitten. Die Mutterliebe forderte Entsagung. Das Pflichtgefühl als Herrscherin war stärker.

„Es muss jetzt geschehen", beharrte sie.

Noch hatte Thyrsus einen Trumpf zur Hand: „Man kann das Biest mit Gold besänftigen. Drachen sind versessen auf Gold!"

„Na, du kennst dich ja damit aus", konterte sie, „oder?" Sie fragte nicht, sie stellte es nur auf spitzfindige Weise fest, als hoffte sie auf Widerspruch.

Da über das Kreislaufsystem selbst unserer prominentesten Riesen viel zu wenig bekannt ist, können nur Spekulationen angestellt werden, ob Thyrsus nach Adelgundes Worten erblasste, oder ob sein Gesicht vor Schreck rot anlief. Vermutlich schoss ihm das Blut zu Kopf, wie jeder normale Mann rot geworden wäre, wenn er sich ertappt fühlte. Schon wollte er ihr seine Drachnophobie gestehen, da hörte er sie klagen: „Meine Schatztruhe ist leer. Allein die Unmengen guten Weins..."

Schnell nahm Thyrsus noch einen kräftigen Schluck. „Der Goldtropf", entsann er sich.

„Goldtropf?", fragte sie.

„Deine Hirten und Sennen", berichtete Thyrsus, „überall treiben sie sich herum. Ein goldlockiges Mädchen stöbern deine braven Älpler zuverlässig auf. Kommt aber irgendwo Gold vor, entdecken sie kein Stäubchen."

Gold entdeckten meist Südländer, der Einfachheit halber unter dem Sammelbegriff „Venediger" zusammengefasst. Offenen Auges und mit geschärftem Sinn durchquerten sie das Land im Gebirge. Abgesehen davon, fehlte den Männern jeder Hausverstand. Wie erklärte man sonst die Sorglosigkeit, mit der sie ihre Bergtour ohne Proviant antraten? Hungrig klopften sie im Anschluss an lohnende Gipfelabenteuer an die Tür einer Almhütte und baten um Essen und Getränke. Von den einfachen Bergbewohnern anstandslos bewirtet, stand die Belohnung für ein Glas Buttermilch oft in keinem Verhältnis zum Angebotenen. Folgerichtig entwickelte sich die Überzeugung, dass Almhütten wahre Goldgruben seien. Früher dachten die gutmütigen Sennen selten an Entgelt.

„Ich habe“, teilte Thyrsus seiner Dame mit, „von einem sehr hilfsbereiten Sennen erfahren, der mit einem Venediger sein Speckbrot teilte und dafür ein Hafele Gold erhielt. Dieser Tassilo...“

„Tassilo?“, schnappte sie. „Ein Hundename!“

Welcher Teufel mag sie heute reiten? Es mussten die Vorboten des Föhns sein, die ihr durch den Kopf wehten und die Gedanken kraus werden ließen wie aufgeweichtes Pergament. Behutsam nahm er Adelgundes kräftige Hände zwischen seine Pranken. Mit einem Mal war die Verbindung hergestellt zwischen seiner und ihrer Handfläche. Er tastete nach der Stelle, wo die Zügel der Reiterin Schwielen aufgedrückt hatten, streichelte die harten Stellen sanft mit seinen Fingerspitzen, die erstaunlich zart waren für einen wilden Drachentöter. *„Ich wünschte mir so viele Geschichten, bis dieser Drache an Altersschwäche gestorben ist“,* träumte er. Tausend Nächte lang würde er Märchen erzählen plus einer Nacht, die dann die seine wäre.

Ehe Thyrsus, der in den Wolken schwebte, sich noch weiter entfernte, holte ihn Adelgunde unsanft auf die Erde zurück: „Gold...? Tropf! Was schwatzt du über hunderterlei Dinge?“ *Und über blonde Mädchen!*

„Weil“, betonte er, „guter Rat nicht teuer ist. Du kannst Hagen jeden Tag mit einem Speckbrot in die Berge schicken. Stell dir vor, wie viel für ein ganzes Brot statt eines halben abfiele?“

Hagens Mutter rechnete sich aus, dass ihr Sohn sein Brot lieber mit dem Anderl teilte. „Ausgeschlossen!", rief sie und sprang auf.

Er betrachtete versonnen den leeren Becher. Als sie ihm nicht nachschenkte, erhob er sich müde. „Also, dann gehe ich, liebste Adelgunde."

„Wohin?" Argwöhnisch blickte sie ihn an.

„Zum Dirschenbach. Meinen Speer holen."

„Dein Lohn ist dir gewiss!" Lockend drückte sie sich an ihn, bereit für eine Rate des versprochenen Lohnes.

Der Mann legte den Arm um sie, spürte endlich den Panzer, hinter dem sie sich versteckte und hätte diesmal offen reden müssen. Doch während ihn ihre Verschleierung der Tatsachen als fraulich rührte, empfand er seine Hirngespinste über Drachenjägerei jetzt als unmännlich. Durfte er es wagen, seinen Betrug zu gestehen – seine Angst vor Drachen? Er rang um einen Entschluss. Sollte er eine ehrliche Aussprache suchen?

Die Frau verkannte Thyrsus' Zögern. „Du hast es wohl sehr eilig? Dir steht der Sinn nach Kampf und Ehre. Ich werde dir später danken!" Damit er sie nicht für allzu begierig hielt, mit ihrer Dankesschuld zu beginnen, schob sie ihn hinaus. Sollte sie ihm noch einen Becher Wein reichen? Nein, dann fühlte er sich zum Bleiben genötigt. Sie tat, als hätte sie den Abschiedstrunk vergessen.

Schweren Herzens verließ Thyrsus die Burg. Ein letztes Mal schaute er zurück. Hatte ihm die strenge Freundin noch einmal gewinkt, ihn gar zurückgerufen? Wunschträume, dachte er, die Zeiten der Phantasien sind vorbei. Er hatte sich mit seinen Lügenmärchen das eigene Grab geschaufelt, war aber nicht bereit, ausgerechnet einem Drachen die Überführung dorthin zu überlassen. Bei einer Machtprobe mit Drachen zöge er, Thyrsus, den Kürzeren. Wohl oder übel musste er sein Domizil im Seevelt auflösen und sich ins Ausland absetzen. So schnell er auch lief, Kummer und Schmerz holten ihn ein, blieben aber nicht seine einzige Begleitung. Ein anderer folgte ihm, wilder und gefährlicher als ein Drache.

Haymon trieb es abermals um. Vorübergehend hatte sich der fremde Riese in der Sillschlucht verkrochen und still in einer Höhle gelebt. Doch der Tumult in seinem Inneren wollte nicht zur Ruhe kommen. Dem wirkte er mit dem Chaos seiner Umwelt entgegen, Steine dafür in jeder Größe lieferte die Sillschlucht. Der Fluss hatte sich von ihnen befreit, sie ans Ufer getragen. Jetzt warf Haymon sie zurück in ein Element, das nicht das ihre war. Wieder und wieder schäumte das Wasser, suchte sich den Weg des geringsten Widerstands und überschwemmte die Wiltau.

Die Bauern hörten es rumoren und sagten, das Toben rühre von einem Drachen her. Der hole sich jede Nacht ein Lamm von den Weiden. Haymon vernahm öfter einen Bauern zetern, einen Hirten das Untier verfluchen.

Was mochte er dabei wohl gedacht haben? Dasselbe, was jedem in seiner Lage durch den Sinn gegangen wäre: „Seid froh, dass es mit meinem Appetit so schlecht bestellt ist!" Die letzte Begegnung mit dem trickreichen Schafhirten hatte sich ihm auf den Magen geschlagen. Der vertrug ausnahmsweise keinen Ochsen in Lebensgröße.

Bei Anbruch dieses gespenstischen Morgens waren Haymons Absichten schwärzer als die Schatten über den Bergen. Er verließ die Sillschlucht, um den anderen Riesen zu treffen. Er hätte keinen besseren Tag für seine niederträchtigen Zwecke wählen können. Von weitem sah er eine hohe Gestalt an einem Fenster des Burgfrieds stehen, ihm entging nicht, wie Thyrsus zurückblickte, zögerte und dann einen ausgetretenen Pfad nach oben stapfte.

Flach lag der Himmel über dem Inntal. Milchige Bänder spannten sich straff von einer Bergseite zur anderen. Streifen, wie von ordnender Hand gleichgerichtet. Schleier, aus dem dünnen Gespinst der Saligen Fräulein, unterbrochen nur vom Blau dünner Linien, woben zartgraue Striche.

Vielleicht sollte hier kurz und objektiv die Engstirnigkeit erwähnt werden, mit der das Volk der edlen Frau vom Hittenstein nur Schlechtes nachsagt, für die Saligen jedoch Partei ergreift. Denn die luftigen Damen waren nicht immer die lauteren Seelen, wie es erzählt wird. Besser als Adelgunde wussten sie Bescheid um menschliche – und besonders männliche – Schwächen. Andererseits fehlte ihnen das weibliche Einfühlungsvermögen für eben diese Schwächen. Trotz ihrer Rachsucht blieb der Ruf der Saligen unangetastet, obwohl sie ihre Reize bewusst einsetzten. Drei sind es laut Aussage eines Burschen, den die nebulosen Wesen als Kind aus den Klauen eines Lämmergeiers gerettet hatten.

Sein Vater behauptete zwar, dieses Bravourstück habe er unternommen, und der Sohn bilde sich die Frauen bloß ein. Drei, wohlgemerkt! Auf nur eine hätte die Mutter des geraubten Kindes wahrscheinlich misstrauisch reagiert – aber drei? Ein Stelldichein ihres Gatten mit drei Frauen bezweifelte sie. Der Bub allerdings verzehrte sich nach den Saligen, und in der Pubertät wurde dieses Verlangen übermächtig. Krank vor Sehnsucht durchstreifte er auf der Suche nach den sagenhaften Schönen die Gegend und weigerte sich, mit seinem Vater auf Pirsch zu gehen. Das Jagen, sagte er, hätten ihm damals die Saligen als Schutzgeister der Wildtiere verboten.

Eines Morgens überfiel den Burschen doch das Jagdfieber. Er verfolgte eine Gams, legte an, zielte und schoss. Das Tier blieb jedoch unversehrt stehen. Dahinter freilich erschienen die drei Saligen – wütend und hässlich anzusehen. Woher sollte der unglückliche Bursche wissen, dass jede Frau zur Furie wird, wenn jemand ihrem Lieblingstier etwas Böses antun will? Der junge Mann fand keinen Ausweg aus seiner furchtbaren Lage: vor ihm drei aggressive Frauen, hinter ihm die tiefe Schlucht. Wie es heißt, hat er den Freitod einer Kontroverse mit den rasenden Damen vorgezogen.

Hier könnte es gewesen sein, wo jetzt Thyrsus seinem Verhängnis entgegenstrebte. Geschwind jagte er über Brücken und Abgründe, dass es Haymon hinter ihm schwindelte. Ein Baumstamm, beim Gehen schnell ausgerissen, half dem Verfolger zu Trittsicherheit. Im Seevelt angekommen, war er außer Atem, und Zweifel beschlichen ihn, ob er einem Kampf gewachsen sei.

Thyrsus näherte sich bereits dem Dirschenbach, als er endlich das angestrengte Keuchen hinter seinem Rücken vernahm. Wer mochte ihm gefolgt sein? Unvermittelt durchströmte ihn ein nie gekanntes Glücksempfinden. Er hatte fröhliche Stunden erlebt, ihm war das Hochgefühl einer Liebe widerfahren und auch ihr Leid. Jetzt kam die Erfüllung. Denn *sie* musste es sein! Wer sonst wusste um seine Niederlassung am Dirschenbach? Versuchte Adelgunde, den abgewiesenen Freier einzuholen?

Ach, dachte er, die liebste Freundin ist mir reuig nachgeeilt. Dreh dich nicht um, rang er um Härte. Soll sie ihre Bemühungen nur verdoppeln und zur Abwechslung dir nachlaufen, stemmte er sich wider den Gegendruck seines innersten Wesens. Mit einem Mal wirkten die mühsamen Schnaufer wie liebliches Frühlingssäuseln. Der Luftstrom, der seine Haarmähne zauste, glich der Hand einer leidenschaftlichen Geliebten. Er konnte nicht mehr länger warten auf ihren Anblick... Ihren Kuss?

Mitten im Lauf stockte sein Schritt...

Da warf ihn ein mächtiger Körper nieder. Adelgunde, wollte er jauchzen, diese Leidenschaft! Ist dieses hitzige Wesen meine kühle Angebetete? „Du bist es!“ Und mit einem letzten „Du“ hauchte Thyrsus sein Leben aus.

Allzu unerwartet hatte den Verfolger der Zusammenprall getroffen. Ohne sich zu besinnen, hob Haymon seinen Baumstamm. Wie eine Keule fasste er den dicken Stumpf, ließ ihn niedersausen auf den Liegenden.

„Wieso hat er mich angesprochen? Woher mag er mich gekannt haben?“, tobte es in Haymon. Mordsucht ergriff ihn. Immer wieder schlug er zu.

Das Blut des toten Riesen sprudelte wie ein Quell. Es tränkte den Boden, sickerte in jede Öffnung, erfüllte jede Pore im weiten Umkreis und drang in die Ritzen der Steine. Jahrhunderte blieb es dort, bis kommende Generationen die wunderbare Heilkraft entdeckten, die es barg. Kundige Menschen erhitzten das Gestein, und schwer und dick kam Thyrsus' Lebenssaft ans Tageslicht. „Steinöl“ nennen es die meisten. In Seefeld aber wissen es die Leute besser. Dort heißt es nach wie vor „Thyrssenblut“.

Ohne es gut zu heißen, geschieht das Böse manchmal im Namen des Guten. Von bitterer Reue erfasst, vergoss der Mörder große Zähren. Wenn Riesen weinen, fließen keine gewöhnlichen Tränen. Die befreiende Tränenflut blieb dem Unseligen versagt. Er durchlitt einen qualvollen Prozess, die Geburt einer neuen Persönlichkeit. In den Sagen spricht man von Haymon als dem „Guten Riesen“. Langsam begab er sich zur Burg. Anderl erblickte ihn als erster.

Der Hüterbub jagte eben, wie von allen Teufeln gehetzt, vom Höttinger Berg herunter. Welches Grausen hatte ihn, dem sogar Kreuzspinnen ins Netz gingen, in die Flucht getrieben? Es war – wie könnte es anders sein – ein Mädchen. Anderl hatte unlängst das hübsche Töchterchen der Holzfällerwitwe beobachtet. Ein sehenswerter Anblick, den der Bursche seitdem öfter in Augenschein nahm.

Dieses grazile Wesen sollte den tapferen Anderl derart in Panik versetzt haben? Die Dummheit des Mädchens prägte Anderl im zartesten Mannesalter zum Frauenfeind. „Alle Heilig'n und Nothelfer, bewahrt's mich vor einem depperten Weibsbild für alle Zeit und in Ewigkeit. Amen“, betete er wie so viele nach ihm. Nur durch ihre Ignoranz hatte sie einen Schatz verspielt. Offensichtlich widerfuhr ihr das seltene Glück, einem echten einheimischen Bergmandl zu begegnen. Die waren schon seinerzeit ziemlich rar. Eines nach dem anderen erlangten sie Erlösung von dem Gold, das zu bewachen jedes wahre Bergmandl als größte Buße betrachtete.

Das Verfahren erforderte wenig Arbeitsaufwand und hatte nur ein Problem: Die Bedingungen mussten erraten werden. Unwissenheit schützte vor Strafe nicht. An sich wurden die Bösen jedes Mal bestraft, die Guten aber nicht immer belohnt. Den Klugen, die der Chronik ihrer Vorfahren getreulich lauschten, erwuchsen hier keine Schwierigkeiten. Meist durfte ein hübsches Dirndl den Graubart befreien, und das ist weniger überraschend als die Tatsache, dass die Mandln keine weiteren Forderungen stellten. Sie ließen das junge Ding unbelästigt ziehen – einschließlich des Schatzes. Jene Reportagen, die man aus verständlichen Gründen heute dem Reich der Sagen zuordnet, endeten stets glücklich. Der Alte erhielt seine Freiheit und bewahrte sie sich.

Anderl hatte dem wirren Stammeln des Mädchens entnommen, dass es dem Bergmännchen auf dessen Winken gefolgt war. Am Höttinger Berg führte es die Zögernde zu einer tiefen Felsspalte. Drunten ein Glanz wie von lauter Silber, und da hinunter, deutete das Männchen, solle sie mit ihm klettern. Sie aber war davongelaufen, um daheim nachzufragen.

„O mei", krächzte Anderl erschüttert, „wieso ist sie nicht 'runterg'stiegen? Oder sie hätt' ihren recht'n Schuh ins Loch g'schmissen. So a Lappl!"

Nein, sie hätte schon selber hinuntersteigen müssen, Schuhe zum Hineinwerfen besaß keiner der beiden im Sommer! Wenn er sich vorstellte, wie reich er bald wäre! Verständlich, dass er das Mädchen vorher hätte heiraten müssen, was ihm als Gewinn dünkte, ehe sich ihre Unwissenheit offenbarte.

Hals über Kopf stürzte er zurück zu seinen Ziegen. „Eine dumme Geiß, das gibt's nicht!"

Unterwegs erspähte er den Riesen, dessen Not ihm größer erschien als die eigene. „Ja, wia denn“, fragte er sich, „hat's den Klachl noch ärger erwischt?“

Jener entsetzliche Tag, dessen Ereignisse von Mund zu Mund weitergegeben und verzerrt wurden, bis sie jemand aufschrieb und die Wahrheit dabei noch mehr verfälschte, jener Tag war auch der geistige Tod der Herrin vom Hittenstein. Nur ihr Körper starb später.

Als sie am Morgen der Gestalt des Thyrsus nachblickte, schien der Riese ihren Augen immer kleiner zu werden. Rief die Entfernung diese Veränderung hervor? Nein, die allzu große Last, die sie auf seine Schultern geladen hatte, drückte ihn nieder! So sah kein Drachentöter aus! Dort ging ein gebrochener Mann, dem die geliebte Frau nie Verständnis entgegengebracht hatte.

„Warte!“, rief sie, als er noch einmal zurückschaute. Konnte oder wollte er sie nicht hören? Adelgunde überfiel nie gekannte Beklommenheit. Es war nicht die Vorahnung kommenden Unheils, sondern Ängste einer Liebenden, die einen trauten Gefährten durch ihre Kälte für immer zu verlieren fürchtet.

Sie musste ihm folgen, ihn zurückholen...

Rasch eilte sie in ihre Kemenate und suchte in der Truhe ihr bestes, lang nicht getragenes Reisegewand. Ein gutes Kleidungsstück, das bereits zwei Menschenalter gehalten hatte. Wie aber spannte es um Brust und Hüften! Die Haken ließen sich nicht schließen. Sie rissen und stoben davon, schneller noch als ihre sehnsüchtigen Gedanken. Kurzerhand warf sie sich ein bequemes Reitkleid über und rief nach ihrem Zelter, dem getreuen Riesenpferd. Doch vor Haymons schwankender Brückenkonstruktion nach dem Seevelt scheute es und wieherte erschrocken. Was immer die Reiterin versuchte, sie mochte mit guten Worten locken oder mit bösen antreiben, das Tier hatte die Grenzen des Möglichen erkannt.

Besonnen vertraute sie dem Ross die Wahl des Weges an, und sie ritten der Nordkette zu. „Mein großer Liebling“, murmelte sie und kraulte den weichen Hals des Pferdes unter der rauen Mähne. Dabei entsann sie sich eines anderen zottigen Haarschopfs, den sie nie gezaust hatte. Jetzt hätte sie ihn gern gestreichelt. Während ihre Fingerspitzen das harte, verfilzte Pferdehaar aufknoteten, entwirrten sich ihre Gefühle.

Plötzlich erhob sich vor der Reiterin eine fremde Frau. Ob sie hier gewartet hatte? Oder war es einer der Zufälle, im Nachhinein gern als Vorsehung klassifiziert? Gleichgültig wie, in diesem Augenblick geschah das Unwiderrufliche. Gegebenenfalls wunderte sich Adelgunde über den großen Buben, den ihr die Unbekannte entgegenhielt. „Mein Kind und ich verhungern“, rief sie.

Adelgunde erschrak. Menschen, die sich auf Bergpfaden dem Hungertod nahe wähnen, neigen zu waghalsigen Winkelzügen. Die Härte des Lebens und des Klimas glich Armut durch Einfallsreichtum aus. Besonders die Herrin vom Hittenstein entzündete die Phantasie. Nicht von ungefähr fühlte sie sich hohl wie ein im Herbst verlassenes Storchennest, das jeder nach Belieben anfüllen konnte mit der Asche von gestern oder gar mit einem Herz aus Stein. Schon umwob es ihre Gestalt gleich einem Spinnengewebe, in dem sie sich verfangen hatte. Von einem Gespinst an Legenden umrankt und wie gefesselt, erwuchs Adelgunde ein neuer legendärer Niedergang. Sie wäre überrascht gewesen, wie viele schöpferische Ideen aus einem leeren Bauch kommen.

Ausgerechnet jetzt befand sie sich in einer ähnlichen Lage, denn ihr Magen hatte rumort. Es klang wie das herannähernde Donnergrollen, von dem die Historie berichtet. Gab es in ihrem Reich wirklich Bettler? Es gibt keine Antwort. Vermutungen, aber keine Antwort.

Irritiert kramte Adelgunde aus ihren Satteltaschen einen Laib Brot. Sie ritt nie aus, ohne für ihr Pferd zu sorgen. Oft teilten sie auch die Jause. Die Reiterin brach die Wegzehrung mit einiger Mühe in zwei Hälften, zögerte kurz und behielt das kleinere Stück für sich. Den größeren Teil des Brotes reichte Adelgunde der Frau, deren Sohn es aber als seine Beute betrachtete. Rasch schnappte er danach, und – gespannt auf einen Leckerbissen – knabberte er eine Ecke an. Wutentbrannt spie er den Brocken aus.

„Das ist ja hart wie Stein!", zeterte das Bürschchen. Voll Zorn wollte es das Brot auf die Spenderin werfen, zielte zu tief und traf ihr Pferd. Entsetzt bäumte sich das Ross auf, die Herrin vermochte sich nicht zu halten. Mit schwerem, dumpfem Fall kam sie zu Boden.

Darauf erschütterte ein mächtiges Beben ringsum die Erde, pflanzte sich fort bis zur Nordkette. Felsblöcke polterten herab. Ein ganzes Bergmassiv geriet in Bewegung. Der flüchtende Hengst wurde darunter begraben. Adelgunde war wie versteinert. Sie versuchte nicht, der Geröll-Lawine auszuweichen, die knapp vor ihr stehenblieb. Die Lawine von Gerüchten aber, die jetzt ins Rollen kam, wuchs unaufhaltsam.

Flink hatte die Bettelfrau mit ihrem Sohn die Flucht ergriffen. Noch schneller verbreiteten sie die Mär über das Geschehen: Gefühllos habe ihnen die Herrin statt eines Brotstücks einen Stein gereicht. Augenblicklich sei die Strafe erfolgt. Gleiches mit Gleichem vergeltend, ist die allzu Hartherzige zu Stein geworden. Hemmungslos schmückte das undankbare Gelichter den Vorfall mit bizarren Einzelheiten aus. Publikum fand es genug.

Die Menschen ließen sich gern ablenken vom Nachbeben, mit dem das Naturereignis noch immer ihr Gemüt erschütterte. Sie waren aufgewühlt vom Erschauern der Nordkette, deren Hänge gezuckt hatten wie die Flanken von Weidetieren im Hochsommer, wenn sie, von Fliegen und Bremsen umschwirrt, die Quälgeister abzuwerfen suchten. Gar mancher unter den Landeskindern hatte befürchtet, der Denkzettel von oben gälte ihm. Es gab wohl keinen, der sich frei gefühlt hätte von Schuld. Man war noch einmal davongekommen.

Die zwei Augenzeugen luden Gastwirte gern ein – zumal jeder auf seine Rechnung kam. Der Heißhunger nach einem skandalösen Abenteuer übertraf den Appetit der beiden Märchenerzähler. Je gieriger die Speisen vertilgt und je unersättlicher die Zuhörer wurden, desto schneller tilgte das Volk die Ehre der Adelgunde vom Hittenstein.

Ein Zufall kam der Neigung zum Mystizismus zu Hilfe: Die Nordkette hatte an einer Stelle ihr Aussehen verändert. Ein seltsam geformter Felszacken ragt seitdem in die Höhe. Es erfordert nicht viel Erfindungsgabe, um darin die Gestalt einer Reiterin auf ihrem Riesenpferd zu erblicken.

Die Leute, die es schon immer gewusst hatten, riefen: „Dort oben steht sie, die Herrin vom Hittenstein!" Weil dem Volksmund der Name zu lang war, hieß der Felsen bald „Frau Hitt".

Auch die Frau sah ihn, als sie am Nachmittag, ihr Lieblingspferd betrauernd, am Fenster stand. Tränen verschleierten ihr den Blick, der allzu reichlich genossene Rebensaft trübte ihre Sinne. Ein sehr ungünstiger Termin, um ihr die Ankunft eines baumlangen Mannes zu melden.

„Thyrsus?", hoffte die Burgherrin.

Im Raum herrschte Halbdunkel, sie benötigte jedoch kein Kerzenlicht, um die Hoffnung zu begraben. Der Herr vom Hittenstein hatte die Burg seinen und den Maßen der Gattin angepasst. Er wollte einen Ansitz für viele Geschlechter von Riesen schaffen mit Torbögen, zweimal so hoch wie in jeder anderen Burg. Selbst Thyrsus musste den Kopf beim Eintreten kaum neigen. Dieser Goliath aber war gezwungen, sich tief zu bücken!

„Du bist nicht Thyrsus", klagte sie.

Haymon hörte den Vorwurf. Wären die Augen eines Mannes fähig, eine Frau zu verschlingen, Haymon hätte sich die Burgherrin mit Haut und Haaren einverleibt. Endlich ein Busen, der im Ansturm der Gefühle wogte! Dieser prächtige Wuchs, üppig, wo junge Mädchen zu mager und reif, wo die meisten unfertig sind. Und sie? Sie gab nicht einmal vor, ihn zu ignorieren. Sie nahm ihn tatsächlich nicht wahr.

„Wo ist Thyrsus?“ Ein schlimmes Vorgefühl ließ sie die grausame Botschaft ahnen.

„Tot!“, würgte der ungeschlachte Besucher.

„Du“, heulte sie auf, „du hast ihn ermordet!“

„Es war ein Untier!“ Haymon zweifelte nicht an der Wahrheit seiner Aussage. Die Bestie, die sein Inneres verheerte, hatte sich auf Thyrsus gestürzt und ihn erschlagen. „Das Ungeheuer ist auch tot“, erklärte Haymon fest. Das Böse in sich hatte er besiegt.

Die Frau schenkte ihm Glauben. Mit aller Gewalt überfiel sie ihr Unglück: „Oh, Thyrsus!“ Sie umklammerte den Weinkrug, entsann sich ihrer Hausfrauenpflichten und reichte dem Gast einen Becher Wein. Der Hüne starrte auf die Flüssigkeit, schäumend und rot wie vor kurzem geflossenes Blut.

„Nein!“, stöhnte er.

„Nein? Oh, Thyrsus!“ Ihn hatte sie verloren, und außer diesem Schicksalsschlag wurde ihr ein Alkoholgegner als Heimsuchung auferlegt.

Haymon fühlte ihr Missfallen. Ein schöner Gedanke keimte in seiner Seele, der solch neue Tätigkeit recht ungewohnt war. Jetzt wollte er anderen Beladenen helfen. Aus einem großen Mann wurde ein großer Mensch.

„Ich werde ein Kloster bauen“, verkündete er.

„Du? Ha!“ Wie verächtlich das klang!

„Ich bin getauft und zu groß, als dass Gott mich übersehen könnte.“ Haymons Läuterung war zu wenig fortgeschritten, um auch die Eitelkeit auszumerzen.

Eigenartiger Kauz, dachte die Frau. Ob er eine Untat büßen will? Als entstünde ein Kloster so mir nichts, dir nichts, obwohl… *Mir hätte ein Gesegneter unter den Riesen ein Schloss errichtet,* drückte sie Worte in die Leere ihres Körpers. „Ein Kloster soll es sein?“, fragte sie. „Wo?“

„Ich weiß eine Stelle, wo der Fluss eine Schlucht verlässt…“

„Die Wilde Au?“

„Der richtige Name dafür…“

„Du hast dir zu viel vorgenommen“, winkte sie ab. „Dort haust ein grässlicher Drache!“

„Ach, der…“, wand sich Haymon verlegen. Er konnte unmöglich gestehen, dass dieser Drache ein alter Bekannter war. Nie hatte er länger gesprochen. Niemals war er so bemüht gewesen, seine Stimme zu dämpfen. Aber selbst mit gewohnter Lautstärke hätten seine Worte die verstörte Burgherrin nur unvollständig erreicht. Denn sie sollte sich nicht mehr erholen. Manchmal ritt sie noch aus, erinnerte sie der Felsen auf der Nordkette an Vergangenes. Für die Einheimischen freilich war sie gestorben – zu Stein erstarrt. Sie lebte im Volksglauben weiter, doch in veränderter Form. „Die Herrin mein hatt' obendrein ein Herz aus Stein…“

Allmählich übernahm der Sohn der Burgherrin die Pflichten der Mutter. Es galt, eine wählerische Herde zu hüten denn Anderls Geißen: Adelgundes höchst bockige Schar Eigenleute. Nicht die stumpfsinnige Masse Leibeigener, sondern ein aufgewecktes Völkchen. Der Nordwind hatte es zurechtgeschliffen und der Wind vom Westen her empfänglich gemacht für eine Prise Aufgeschlossenheit, und ehe die Menschen allzu kontaktfreudig wurden, hatte sich der Föhn auf sie geworfen. Gegen kalte und warme Winde schützen Höhlen oder Hochhäuser, dem Föhn vermag das Land im Gebirge nichts entgegenzustellen. Durch den Föhn, so verfügte es der Himmel, wurden die Tiroler nie übermütig.

Ohne Hagens Erbteil – wozu eine gesunde Dosis an Mutterwitz gehörte – wäre ihm jeder dritte seiner Untertanen rein bildlich über den Kopf gewachsen. Den neuen Riesen rechnete Hagen nicht zu den Heimatberechtigten und misstraute ihm auch dann noch, als Haymon mit unüberhörbarem Aufwand signalisierte, dass er dem Drachen in der Sillschlucht den Garaus machte.

Seit Thyrsus' Ableben war es der Burgherrin einerlei, wo sich der Sohn herumtrieb. Ein schlimmes Erwachen für den verwöhnten Burschen, vermisste er sogar ihre anklagenden Tränen. Hagen suchte eine Frauenschulter zum Ausweinen. Dem hübschen Burschen boten sich viele an, weich und willig. Endlich fand er die richtige, noch eckig zwar und kindlich, trotzdem schon mütterlich. Eine Schulter, auf die der junge Burgherr in Zukunft bauen wollte.

Anderl war sehr enttäuscht, weil sich der Freund plötzlich weniger für Ziegen interessierte, dafür immer mehr für Mädchen. Vertraut streng rochen die meisten nach Anderls Kleinvieh, womit sich zwischen Hagen und der Weiblichkeit die ersten Berührungspunkte ergaben. Mit Wasser in Berührung gekommen waren einige nur bei der Taufe, andere nicht einmal das in jenen dunklen Tagen. Hagens Freundin jedenfalls hatte das heilige Sakrament empfangen. Das beglaubigte auch ihr frommer Name Maria; sie zu besuchen, ging Hagen gern einen See entlang, der deshalb bald Herzsee hieß.

Maria wohnte in der sogenannten Teufelsmühle, obwohl ihr Vater zuverlässig nie mit dem Teufel im Bunde war. Den Teufel an die Wand gemalt, ja, das hatte der Müller getan. Das Bild Satans konnten Wanderer noch sehen, nachdem die Mühle längst bis auf jenes bekannte Mauerstück mit dem Abbild des Höllenfürsten in Trümmern lag.

Demnach ist die Idee, den Markt mit dem Beelzebub zu beeinflussen, nicht neu.

Die Bauern gingen sensationslüstern „Tuifl schaug'n" und nahmen das Korn zum Mahlen gleich mit. Bald war der Müller ein gemachter Mann. Dabei blieb er fromm und redlich. Er hätte es strafbar gefunden, dass spätere Darstellungen die Müller samt Gauklern oder Hundeschlächtern zu den unehrlichen Leuten zählten.

„Pass auf, Dirndl“, gab er seiner Tochter zu bedenken, „die reichen Leut’ mit ihren steinernen Herzen lügen dir das Blaue vom Himmel herunter, und dann behauptet so ein Junker, jetzt holt er dir auch noch den Mond!“ Nach Meinung des Vaters besuchte der junge Burgherr sein Mariele allzu oft. Er wünschte sich mehr Christentum in der Gegend und vielleicht ein Kloster.

„Vom Heidentum muss man abfallen“, redete ihr der Vater ins Gewissen. Marie war der Ansicht, der Vater verurteilte Hagen gleich als Heiden wegen des bisschen Händchenhaltens.

„Um eine schöne Kirch’n tät ich bitt’n mit vielen Patern“, bekniete der Müller den Himmel. Sein Gebet wurde erhört. Schneller als gedacht, verwirklichte sich der Wunsch vieler Menschen. Den Anstoß gab Thyrsus’ Mörder.

Haymon entledigte sich seines Drachens in der Sillschlucht mit beachtlichem Einsatz. Seine geradezu spektakulären Aktionen sollten Geschichte machen. Folgte er instinktiv einem Plan? Einmal angenommen, er gedachte Adelgunde derart zu beeindrucken, dass sie ihn zu sich riefe. Oder er handelte überlegt, damit sie ihn am Ende nicht doch verdächtigte, er könne etwas mit dem Tod des Thyrsus zu tun haben. Seine Technik, jeden bis zum Verstummen zu widerlegen, bestand aus ohrenzerreißendem Getöse, seitdem auch Heidenlärm genannt. Die Überlieferung beweist, dass der Riese auf Dauer niemand so recht überzeugte.

Das Volk bewunderte des Giganten geräuschvollen Feldzug. Mit Schaudern vernahmen die Anrainer das Tosen und Rumoren in der gefürchteten Sillschlucht. Dem guten Riesen zu helfen, legten die Leute einen geschlachteten Ochsen in die Nähe. Um den Drachen auf andere Gedanken zu bringen, setzten sie eine Jungfrau ab, allerdings in lebendem Zustand.

Das zähe Fleisch verschwand, das zarte Mädchen wurde verschmäht. Ein Mysterium, welches das Geheimnis der Sillschlucht noch erhöhte. Jeder junge Mann, ganz zu schweigen von den älteren Semestern, hätte sich gern der sitzengelassenen Jungfer erbarmt. Doch zwischen feuerspeienden Drachen und jenen altgewohnten am häuslichen Herdfeuer bestand ein gewaltiger Unterschied.

Langsam keimte das Gerücht auf, dem jungen Ding, dessen Elternhaus längs der Trasse des verstorbenen Riesen lag, sei im Lauf der Wanderungen des Thyrsus ein wichtiges Detail abhandengekommen. In einer mondlosen Nacht erwies ihm schließlich ein Bauernbursche seine Anteilnahme. Erst dann befürchtete das tugendhafte Mädchen, es sei den übertriebenen Ansprüchen eines kleinlichen Lindwurms nicht mehr gewachsen und begleitete seinen Retter. Dem verfrühten Ehesegen folgte noch eine große Schar Buben, lauter brave Tiroler.

Von alledem unberührt, hantierte der Riese, mit Nahrung versorgt und weiterer Gelüste durch Schwerarbeit befreit. Endlich widerfuhr ihm das Glück eines Menschen, der seine wahre Berufung erfasste. Er baute eine Steinmauer, schloss Frieden mit dem Wüten seines heftigen Blutes und auch mit dem Toben des wilden Flusses. Zum Ausheben der Steine bediente er sich unter anderem einer seltsam geformten Wurzel. So sehr gewöhnte er sich an sein Handwerkszeug, dass er es beim Verlassen der Sillschlucht mitnahm. Wie jubelten ihm die Leute zu! Er war ihr Befreier, ihr Drachentöter. Haymon, der gute Riese! Ehrfürchtig betrachteten alle das seltsame Gebilde, das er bei sich trug. Nie hatte man Merkwürdigeres erblickt. Es sah beinahe aus wie...

„... eine Drachenzunge", röchelte ein altes Weiblein.

„Es *ist* die Drachenzunge!", rief das Volk.

Mundpropaganda, die spätere Generationen ein wenig ändern mussten, um der Wahrscheinlichkeit nachzukommen. Haymon widersprach weder noch stimmte er zu. Doch die eine, mit der er reden wollte, blieb unerreichbar. Ja, es hieß sogar, die Herrin vom Hittenstein sei dahingegangen. Entseelt. Zu Stein erstarrt. Ob er nicht die Zeichen sehe, dort oben im schroffen Gestein der Nordkette?

Haymon aber wusste jetzt Bescheid über Wunschbilder und Wirklichkeiten. Wenn er die Lider senkte, verglich er den Umriss der steinernen Reiterin mit jenem Bild, das sich eingebrannt hatte in die Netzhaut seiner Augen. Die Konturen des Körpers mochten stimmen. Warum aber, um des Himmels Willen, sollten Pferde für die Sünden ihrer Reiter büßen? Er sann Thyrsus' letzten Worten nach. Als der Sterbende freudig überrascht „Du bist es" hauchte, hatte er an die Burgherrin gedacht, durchschaute nun Haymon das ungestillte Verlangen seines Rivalen. Ein angenehmer Gedanke, der Haymon beinahe ein Lächeln entlockte. Er wäre an der Seite des Nebenbuhlers nie der Gute Riese geworden. Es galt, sein Gelöbnis einzulösen.

Wieder schleppte er Felsen, setzte er seine früheren Übungen um in nützliches Tun. Seine unbewusst erlernten Fähigkeiten verwendete er zur Errichtung eines Klosters. Er fand auch eine Stelle, an der behauene Steine lagen, wo einst ein Lager südlicher Eroberer stand. Veldidena hatte es geheißen. Willig fügten sich die heidnischen Bruchstücke ein. Endlich erfüllten sie einen guten Zweck und erhielten ihre Ruhestätte in einem Ort der Erbauung. Die Ankunft von Benediktinermönchen steigerte das Tempo an der Baustelle. Mit ihrer Hilfe schritt das geheiligte Werk zügig voran, und Haymons zunächst recht planloser Entwurf gewann System.

Als das Kloster vollendet war, bewies Haymon noch einmal seine Fertigkeit im Steinwerfen. Den größten Felsbrocken nahm er. Seine ganze Kraft setzte er ein in den letzten Wurf. Weit flog der Stein. Dort, wo er niederfiel, wurden Grund und Boden im gesamten Umkreis Eigentum des Klosters Wilten. Ein Grenzstein, den kein Mensch mit seinen schwachen Kräften verrücken konnte. Niemand rührte daran. Es sei denn, weniger fromme Seelen betrachteten die Vergangenheit von anderen Gesichtspunkten aus und eine sinnbildliche Grenzmarkierung als Stein des Anstoßes.

Adelgundes Sohn wurde nach seinen Flegeljahren ein umgänglicher Mann, sonst wäre sicher Nachteiliges über ihn bekannt geworden. Er mied jedes Aufsehen und scheute üble Nachrede. Deshalb wurde ihm auch das Mariele nicht vermählt. Wie wären seine Untergebenen über ihn hergezogen! Was hätten die Herrschaften der umliegenden Burgen in diesem Fall erklärt? Die Tochter des reichen Müllers diene ihm dazu, die leere Schatztruhe aufzufüllen! Der Burgherr war auf den Hund gekommen. Denn die Abbildung des Wachhundes auf dem Boden der Truhe trat ohne Kapitalanlage unverhüllt zutage.

Ausschlaggebend für die Ehelosigkeit des letzten Herrn vom Hittenstein dürfte die Schwermut seiner Mutter gewesen sein. Konnte sein Mariele unter demselben Dach mit ihr wohnen? Nun leben Riesinnen bekanntlich nicht lang, die Liebe des jungen Paares stürbe in dieser Situation unweigerlich früher. Marie dachte nach, dann entschied sie zugunsten der Liebe. Heimlich empfing sie ihren Hagen in der Mühle. Vielleicht bereute es der Müller jetzt, dass er den Teufel an die Wand gemalt hatte?

Seltsam, die Leute wollen immer alles im Voraus wissen! Hört ihr das Tuscheln unterhalb der Nordkette, dort, wo heute ein Klettersteig zur Frau Hitt führt? Sagt, was ihr wollt, auch wenn ein geflügeltes Wort den Tiroler denken und andere reden lässt, die Bewohner der Tiroler Hauptstadt müssten endlich ein Wahrzeichen Innsbrucks von einem Makel befreien. Die Wiederherstellung der Ehre von Frau Hitt ist nicht einfach. Das war es noch nie.

Böse Zungen fanden zwar keinen Anhaltspunkt, über Hagens Lebenswandel herzuziehen; niemand lastete ihm die Gewalttaten etlicher Ritter und Riesensöhne an. Doch als das Geschlecht der Hittensteiner ausgestorben war und Hungersnöte ausbrachen, suchten die knurrenden Mägen erneut Trost im Volksmund. Und als die Zeiten besser wurden, gelüstete es die Landeskinder auch wieder nach einem Rufmord.

Haymon war als Büßer in das Kloster eingezogen. Es mag ihm zunächst Mühe bereitet haben, im Bösen Maß zu halten. Doch seine Gebete, erst laut und fordernd, wurden ruhig und mächtig im Glauben. Über seinen Lebensabend ist nichts bekannt. Nachdem es um ihren Helden leise geworden war, verlor das Volk schnell jedes Interesse. Ein guter Riese liefert keine Sensationen.

Nach vielen Jahren erfüllte sich Haymon noch einen Wunsch. Er pilgerte hinauf zu dem Felsen, der einer Reiterin auf ihrem Riesenpferd glich. Frau Hitt zu Füßen sitzend, ereilte ihn der Tod. Kiesel und Urgestein bildeten ein Hünengrab, bis Fallwinde den Hügel einebneten. So kam es, dass die Gebeine vom Riesen Haymon nie gefunden wurden.

Ich brauche Satan nicht zu fürchten, ich habe meinen Mann. Statt dem Herrn zu danken, verflucht er den Tag seiner Geburt, büßt er nie verübten Frevel. Der Rauch seiner Brandopfer verpestete die Luft des Landes Uz, je ein Feuer den angeblichen Sünden seiner sieben Söhne und drei Töchter geweiht. Übrigens waren es auch meine Kinder – jedoch an mich denkt ihr Erzeuger nicht. Siebentausend Stück Kleinvieh besaßen wir. Wenn aber ein Entsagungswilliger pro Tag zehn Lämmer oder Ziegen als Opfergaben verbrät, bleibt nach 700 Tagen nichts als Asche. Er hätte seiner ewigen Seligkeit zuliebe bestimmt auch die Rinder und Kamele hingegeben, wären nicht die Sabäer und Chaldäer ins Land eingefallen.

Herr, was fügtest Du mir zu? Unter den Trümmern eines Hauses starb die zehnfache Hoffnung meines Lebens. Wahrlich ein Opfer nach seinem Geiste! Ob er noch immer festhielte an seiner Frömmigkeit, fragte ich den Vater meiner toten Söhne und Töchter. Er erwiderte, ich redete gleich einer *Törin*. Warum meidest du meine Blicke, Mann? Ich müsste schon deine Lider hochheben, damit du mich ansiehst!

Den Himmel auf Erden versprach er mir nie. Kaum dass ich ihn freudig empfing, litt er die Qualen eines Verdammten. Weshalb, stöhnte er dann am Morgen, kamen Knie ihm entgegen, wozu Brüste, dass er daran trank. Ihm die Knie in den Leib zu stoßen, verbot meine Erziehung. Obendrein ließe ihn seine Natur die Bitternisse der Nächte begrüßen. Ständig fühlte er sich wegen der Fülle seiner Besitztümer und Potenz vom Bösen verfolgt. Zum Heulen und Zähneknirschen ging es ihm freilich zu gut. Ich glaube, das nagte an seinem Gemüt.

Der Erzfeind seines innersten Wesens vergiftet ihm den Körper: Eiterbeulen tun sich auf vom Scheitel bis zur Sohle. Mich, die Jahwes Segen nie verachtete, schlug der Herr in Gestalt eines Besessenen. Hörst du mich, Mann? Ich spreche mit dir! Wann spendest du mir Trost? Bist du endlich satt an Leiden?

Seit ihn die Gojim wegen seines Elends bedauern, suhlt er sich im Mitleid, badet er in Blut und Tränen. Das gelingt am besten in Lumpen gehüllt auf nackter Erde. Hingestreckt im Staub kostet er seine Bürde aus und kratzt mit einer Scherbe an seinen Furunkeln. Ich streue ihm täglich Asche auf den Boden, weiß ich doch um die Heilkraft dessen, was uns das reinigende Feuer schenkt. Nicht, dass jemand meine Großmut lobte! Auch nicht seine drei Freunde.

Als Elifas, Zofar und dieser streitlustige Bildad aus Schuach ihn sahen, zerrissen sie ihre Gewänder. Eine sehr schlechte Angewohnheit unseres Volkes. Nach jedem Unglück sammeln wir Frauen die Reste ein und nähen sie zusammen. Einzig Zofar handelte weise und hüllte sich in einen mottenzerfressenen Mantel seiner Vorfahren. Wie aber Näharbeit vom Kummer ablenkt, merke ich erst heute, während ich die Kleidung unserer Besucher instand setze. Ich kenne unsere Männer! Nun werden sie sieben Tage und Nächte auf der Erde hocken und lamentieren. –

Zweimal sieben Tage sind vergangen, und ich preise die Sieben. Am siebenten Tag sandte Jahwe seinem Knecht die rechten Worte. Ich weiß nicht, was geschah. Doch eine nie gekannte Uneigennützigkeit meiner Landsleute überhäuft uns mit Gaben. Und als wollte mein Mann alles Versäumte nachholen, füllt er mich mit seinen Samen, auf dass er zehnfache Früchte trage. Nur sein Rückfall in die Armut an Seelenfrieden macht mir Angst. Ijob ist sich wieder feind.

Das pensionierte Schulhaus

Vor mehr als 50 Jahren wurde das alte Schulhaus pensioniert. Nachdem es sich als weltweit erstes vollelektronisches Brainpower-Kidinstitut bewährt hatte, durfte es in der Stadt bleiben und erhielt seine Gnadenstromstöße. Viel benötigte es nicht. In regelmäßigen Abständen kamen Reinigungstrupps, einfache Arbeitsroboter, mit denen das Schulhaus nicht kommunizierte. Es hätte gern mit jemand gesprochen, denn es fühlte sich innerlich sehr leer.

Bald nach dem Ruhestand wurde die 1. Klasse von einem Computervirus befallen. Weil Schulhäuser dieser Generation dagegen noch nicht geimpft waren, ordnete das Virus die Worte aller Bücher in alphabetischer Reihenfolge. Mit einem Mal hätte das Unterrichtsministerium prüfen können, wie oft unter dem Buchstaben *„S“* zum Beispiel „Stress“ und „Strafe“ im Text enthalten waren, während „Sex“ gründlich ausradiert wurde. Weshalb aber die empfindlichen Nasen der Inspektoren das Wort *Scheiße* nie aufgespürt hatten, mag einst an der Vorliebe für das staatenverbindende Wort gelegen sein.

Das Schulhaus musste mit den Schweinereien in seinem Inneren allein fertig werden. Es beschloss nach jahrelangen, traurigen Speicherqualen die 1. Klasse auszuschließen und löschte den Code, der die Türen zu dem verseuchten Raum öffnete.

So stand das Schulhaus da und wartete. Es wiederholte die Unterrichtsfächer der drei verbliebenen Volksschulstufen; jede Stunde läutete die Glocke, Stuhllehnen bewegten sich und massierten die Rücken von Kindern, die längst nicht mehr kamen. Abends flammten die Lichter auf und verlöschten wieder pünktlich um 20 Uhr. Und das Schulhaus wartete geduldig. Eines Tages öffnete sich das Tor, und jemand trat ein.

„Du bist spät dran“, tadelte das Schulhaus. „Es ist fast 9 Uhr, präzise 8 Uhr 53.“

„Wer spricht hier?“, fragte der Eindringling mit sonderbarer Aussprache und rollte seine Augenstiele suchend in alle Richtungen.

„Im Gang bin ich der Schulwart. Zieh ab, du Schlafmütze, und troll' dich ins Direktionszimmer. Dort weiß ich, was mit solchen Typen anzufangen ist.“ Grelle Lichtpfeile erhellten den Befehl mit der nötigen Schärfe.

Summend schaltete sich das Direktionszimmer ein: „Sie wünschen, bitte?“

„Wünsche! Sie irren sich“, bellte der Fremde. „ Mit einer Bitte hat mein Aufenthalt nicht das Geringste zu tun. Ich stamme aus einer anderen Gegend, wie Sie vielleicht bemerkt haben. Ein explosiver Auftrag hat mich aus dem Sternensystem des Beteigeuze in Ihre Welt geführt. In diesem verlassenen Gebäude suche ich nichts als eine Atempause...“

„Pause?“, murmelte das Direktionszimmer mit dem gefährlichen Flüsterton von Lehrern für begriffsstutzige Schüler. „Hier ist das Ausruhen verboten!“ Plötzlich zischte es, als explodierten die Mauern: „Nichtstuer treiben mich jede einzelne meiner Wände hoch! Entweder Sie lernen, oder ich werfe Sie hinaus!“

„Na“, spottete der Besucher, „Ihnen wird es kaum gelingen, mich von einem Ort zu entfernen, von dem ich Besitz ergreifen soll. Dazu bin ich beauftragt. Meine Rasse benötigt mehr Spielraum. Die Erde, wie Sie sich wahrscheinlich ausdrücken, reizt uns wegen ihrer ausgiebigen Fluorkohlenwasserstoffe. Freilich kann es nur eine Erde geben, und zwar meinen Heimatplaneten. Ihr Himmelskörper gehört zu den Gestirnen des Typs WEEP...“

„Ich habe früher Englisch unterrichtet“, unterbrach das Schulhaus stolz, *„weep* heißt *weinen.*“

„Davon halten wir nichts“, schnarrte der ungebetene Gast. „Ein Geuzbeitaner weint nie. WEEP ist unser Code für *Wenig-Einnehmender-Einzunehmender-Planet.*“

„Das ist mir neu, “ tönte das Direktionszimmer, „aber man lernt nie aus. Wichtiger finde ich im Augenblick, dass Sie Ihre Anmeldung ausfüllen: Name, Geburtsdatum, Staatsangehörigkeit, Anschrift...“

„Damit sind Sie bei mir an der falschen Adresse.“ Jetzt wirkte der Fremde verunsichert. „Ich bin ein Krieger! Ganz wenige Geuzbeitaner der niedrigsten Gesellschaftsklasse ergreifen die entwürdigende Stellung eines Schreiberlings. Bei uns zählt es zur gröbsten Beleidigung, wenn man...“ Nun bedeckte das Gesicht des Weltraumpendlers ein schillerndes Ultramarinblau, während auf zitternden Stielen gelbe Augäpfel kreisten. „Wenn man...“, wiederholte er zögernd, „jemand einen *Belesenen* schimpft!“

„Oh“, dröhnte das Schulhaus, „das nenne ich ein großes Kompliment. Zu meinem Bedauern besitze ich bloß Volksschulbildung. Außerdem bin ich seit meiner Pensionierung auf mich allein gestellt. Wie erkläre ich Ihnen Ihre hoffnungslose Situation? Seit der letzten Friedensverhandlung wurden Invasionen ohne Einwanderungsformulare verboten!“

„Mir scheint das Ganze übertrieben problematisch.“ Der blaue Farbton verstärkte sich. „Bei uns daheim verläuft die Sache wesentlich einfacher: Man kommt und schießt!“

„Oha!“, polterte das Direktionszimmer. „So unzivilisiert dürfen Sie bei uns nicht vorgehen. Zuerst müssen Sie eine sechsfache Kriegserklärung an die Staatsoberhäupter der verschiedenen Länder schicken. In welchem Land wollen Sie mit Ihrer Eroberung beginnen?“

„Also, ich denke... Überall?“

„Blödsinn!“ Den bärbeißigen Ton hatten Generationen von Schulleitern zur höchsten Vollendung gebracht. „Verrückte Ideen! Ihre Dummheit führte Sie nicht weit. Ich sehe schon, ich muss Ihnen Unterricht erteilen. Verflixt, hätte ich doch das gemeine Virus aus der ersten Klasse verbannt! Bis mir eine Lösung einfällt, beginnen Sie am besten mit der zweiten Klasse. Und zwar schnell..."

Der Stuhl des Direktionszimmers klapperte und stieß den Fremdling dorthin, wo bei einem Menschen die Kniekehlen sitzen. Alte Erziehungsmethoden schießen auch bei einem Außerirdischen zu, der brav in die gewünschte Richtung stolperte. Türen öffneten sich, Wände pulsierten in freundlichen Farben.

„Setz dich", befahl das Klassenzimmer der 2a. „Ich bin im Bild und will dir zuerst unsere bekanntesten Märchen erzählen." Eindringlich sprach das Klassenzimmer vom Schneewittchen, von der bösen Stiefmutter und dem Gift hinter ihrer Reklame für gesunde Äpfel; es berichtete von den treuen Zwergen und dem verliebten, hartnäckigen Prinzen, wählte die schönsten Geschichten von Andersen und endete mit Hänsel und Gretel.

Das Gesicht des Zuhörers brannte inzwischen so dunkelrot, dass es schwarz wirkte. „Wunderbar", hauchte er. „Noch nie durfte ich mich so rundum rot fühlen. Seltsame Geschöpfe sind die Menschen, und zu welchen Taten sie fähig sind. Dieser Edelmut der Guten! Die Bösen müssen aber furchtbarer sein als unsere grimmigsten Krieger! Kann ich weiter hören und lernen?"

„Dafür sind wir ja programmiert", schaltete sich das Direktionszimmer ein. „Am liebsten würden wir junge Geuzbeitaner unterrichten. Mädchen und Buben, die in keine Kampfhandlungen verwickelt waren."

„Meine Söhne und Töchter", träumte das fremde Wesen, „und ihre Freunde. Wie viele Wunder bietet dieser Planet, den wir den *Blauen* nennen. Bei uns ist *blau* ein höchst unangenehmer Zustand..."

„Bei uns auch!", rief das Schulhaus, und seine Wände bogen sich vor Lachen.

„Dann haben wir schon etwas Gemeinsames!“ Freudestrahlend glühte der Geuzbeitaner zinnoberrot. „Werden Sie alles für unsere Jugend vorbereiten?“

„Und ob“, lärmten die 2., 3. und 4. Klassen durcheinander, bis ihnen das Direktionszimmer energisch über die Lautsprecher fuhr: „Dürfte ich vorher meinem Gast eine glückliche Reise wünschen?“

Zum Abschied salutierte der Fremde mit angewinkeltem rechtem Arm und der geballten Faust seiner Kampfeinheit. Den Mittelfinger aber streckte er hoch in der versöhnlichen Geste seiner Rasse, mit der sie nur die besten Freunde grüßen.

„Dieses Ritual“, brummte das Direktionszimmer, „muss ich den Geuzbeitanern zuerst abgewöhnen!“

Seitdem erfüllt das pensionierte Schulhaus eine neue Aufgabe. Selbst die 1. Klasse ließ vernünftig mit sich reden. Weit öffnete sie ihr Nervenzentrum dem Thema „Waffenruhe“. Über dreißigmal tauchte das Wort „Entspannung“ auf, ungefähr tausend hochtrabende Vokabeln wie „volksbewusste Übereinstimmung“ und einhundertfünfundfünfzigmal erschien schlicht der Ausdruck „Frieden“. Das sind großartige Zahlen. Nicht zu viele, um langweilig zu wirken, und genau richtig, um den Begriff nie mehr zu vergessen.

Wer mag kleine Mädchen?

Das Kind steht frierend am Rand der Bundesstraße, gleich neben der Abzweigung zu seinem Wohnort. Dem einsamen Heimweg den Rücken zugekehrt, mustert das Kind unverwandt die vorbeifahrenden Autos. Manchmal bläst ihm der Wind unter sein dünnes Kleid, weht den kurzen Rock hoch. Erst als ein Auto bremst, erschaudert die reglose Gestalt.

Die Stimme der Frau klingt eher barsch denn mitleidig: „Hast du dich verlaufen?"

„Nein", antwortet das Kind. „Ich warte."

„Hm", spottet die Frau, der lästigen Verantwortung für einen fremden Balg ohnehin leid. „Warten auf Godot?"

„Ich weiß nicht, wie er heißt. Aber ich warte."

„Du weißt schon, dass in diesem Waldstück ein Mädchen... nun ja..."

Das Kind presst die Lippen zusammen, sieht sich um. Der Wald scheint verlassen. Nur einen Atemzug lang zittern die Blätter im Unterholz. „Ich werde es nie vergessen", flüstert das Kind. „Sie war meine Schulfreundin." Leblos das Gesicht, verschattet die Augen.

„Und du willst nicht mitkommen?"

„Nein." Entschlossen den Blick wieder auf die Straße gerichtet.

Dem Autolenker, der bald darauf anhält, schenkt das Kind ein zaghaftes Lächeln. „Mögen Sie kleine Mädchen?"

„Ganz entschieden nicht." In gespielter Verzweiflung rauft sich der Herr die weißen Haare. „Kleine Mädchen sind laut und frech, und sie wollen immer ein Eis."

„Sie dürfen mir Zuckerln spendieren", erwidert das Kind ernst.

„Typisch für euch Fratzen", schimpft der alte Herr, „und sehr gefährliche Wünsche! Trotzdem, soll ich dich heimbringen?"

„Nein, danke. Mit Ihnen fahre ich nicht."

Das Kind steht am Straßenrand und wartet.

„So allein?" Eine Wagentür öffnet sich. „Ist dir nicht zu kalt in deinem hübschen Kleidchen?" Ein Mann steigt aus. Eine Hand tätschelt die mageren Schenkel des Kindes.

„Mögen Sie kleine Mädchen?", fragt das Kind ängstlich.

„Natürlich. Solche wie du besonders. Schau, ich habe eine Überraschung für dich in der Manteltasche."

Da endlich löst sich die Starre. „Jetzt könnt ihr kommen!", ruft das Kind.

Plötzlich beginnt das Gestrüpp zu leben. Blätterhaufen teilen sich. Zerzauste Schöpfe tauchen auf. Füße tappen heran. Fünf, acht, nein, dreißig Kinder stürmen vorwärts: eine ganze Schulklasse, bewaffnet mit dem Arsenal eines Waldes. Sie sind schnell, und es gibt kein Entrinnen. Prügel sausen nieder, spitze Äste verrichten ihr grausiges Werk. Niemand hört die Hilfeschreie des Mannes. Wie damals, als ein kleines Mädchen hier sterben musste.

„Glaubt ihr, er war es?" Immer dieselbe Frage, während sie gemeinsam das Auto mit der Verkörperung des Bösen den Waldweg hinunter zum Teich schieben.

„Vielleicht", sagt das Kind. „Morgen werden wir wieder warten."

Comeback eines Fuchses

Comeback eines Fuchses, fragst du, wer soll das verstehen? *Comeback* kann vieles bedeuten oder nichts, und vielleicht fällt mir später ein anderes Wort ein. Vielleicht. Weil bizarre Schreibweisen die vertrauten Begriffe verdrängten. Fremdwörtersüchtig nennen wir beschauliche Geschichten einfach „out“. Irgendwann reden wir uns ein, nun hätten wir ziemlich alles gesehen und gehört, und plötzlich kommt jemand daher, einer wie Martin zum Beispiel, und erzählt von der Wiederkehr eines kleinen Fuchses.

Beginnen müsste ich natürlich mit Martins Großvater. Sie gehören zusammen: der Großvater, für den mir auch ein entsprechender Vergleich fehlt, und der Fuchs, der uns jetzt nicht entwischen darf. Großväter sind rar geworden. Es gibt zwar die Väter von Kindern, die Kinder haben, das ist schon alles. Enkelkinder werden auf den nächsten Tag vertröstet: „Morgen.“ In Italien heißt es „domani“. Freilich wird dort die Arbeit für heute auf morgen verschoben, damit Zeit für den Augenblick bleibt.

He, schlaf nicht gleich ein, sonst holt dich der Fuchs, wie er Martin so oft jagt in seinen Träumen! Jedes Jahr im Spätherbst, ehe der erste Schnee fällt, träumt er von seinem Fuchs, der ihn ein Stückchen näher ins Erwachsenwerden führte. Seinerzeit boten sich einem kleinen Buben auf dem Land täglich neue Erlebnisse, Erfolge und auch Probleme. Die Schule war so ein Problem. Einen Großvater vorausgesetzt, von dem ein Achtjähriger zehnmal so viel lernt als aus jedem Lehrbuch, vertrödelt ein kluges Kind seine Zeit ungern anderswo. Besonders vor Weihnachten.

Bis zur Jahreswende wohnten Martins Großeltern in ihrer Hütte auf halber Höhe zwischen einem kleinen Dorf und der Hochalpe. Zusammen lagen diese Kostbarkeiten im Westen Österreichs, dort, wo Schnee die Gipfel früher bedeckte. Bevor man hinunter ins Tal übersiedelte, wurde das Almheu ans Vieh verfüttert. Ehni und Ahna, der Großvater und die Großmutter, besaßen eine lichtbraune Kuh, zwei bis drei Kälber, ein paar Ziegen, Schafe, Hasen und Hühner. Und einen ständig krähenden Hahn. Du weißt schon, einen jener Schreihälse, denen es heute wegen des Lärmpegels gleich an den Kragen ginge.

Freigebig verströmte sich nur der Brunnen vor der Hütte. Was den Großeltern an Kapital fehlte, ergänzten sie durch Reichtum an Ideen. Kleinbauern verfügten über kein Telefon. Warum auch? Unkompliziert verband sie eine billige Informationsübermittlung mit Martins Eltern drunten im Tal. Benötigte die Ahna vor dem Wochenende dringend ein paar wichtige Kleinigkeiten, hängte sie ein weißes Leintuch auf den Balkon. Manchmal versuchte auch der Ehni aus der sauberen Hilfsquelle zu schöpfen: „Ahna, häng das Bettlaken auf den Balkon, ich habe keinen Tabak mehr!"

„Musst schon bis zum Wochenende warten", schimpfte sie.

„Hm! So, so ...", schnaufte dann der Ehni. Er wusste ja selbst um das unerhörte Ansinnen, jemand wegen seines Pfeifchens den weiten Marsch hinauf abzuverlangen. Nur ein bisschen debattiert hätte er gern. Die Ahna jedoch hielt nichts von unnützem Geschwätz, wie sie es nannte.

Und weshalb hing auf einmal doch das Bettlaken auf dem Balkon?

„Mir ist der Kaffee ausgegangen", erklärte die Ahna. Nun, schließlich verwahrte sie die Bettlaken. Im Haushalt hatte sie das Sagen. Viel redete sie ohnehin nicht, und ihre Nachricht mochte ganz andere Dinge betreffen, über die sie sich ausschwieg...

Der zweite kabellose Anschluss zwischen der Alm und dem Dorf trug den edlen Namen „Milor". Den Milor, einen Jagdhund Mischling, hatte der Ehni bei einem Wanderhändler gegen Butter und zwei Gamsdecken eingetauscht. Wie der Händler auf Ehr' und Glauben beschwor, verfüge der Rüde über einen Stammbaum wie ein englischer Lord und hieße folglich „Mylord". Titel hielt der Ehni für nebensächlich: „Milor? Mir soll's recht sein."

So empfing Martins Beschützer, Spielgefährte und Schlittenhund seinen Namen. Bald wurde er zum Botenhund befördert. Einen kleinen Tornister umgeschnallt, in dem eine Warenliste steckte, lief Milor ins Tal. Zurück kamen Zucker oder Salz und Zeitungen, Kaffee für Ahna und ein wenig Tabak für Ehni. Stur, ohne rechts oder links zu blicken, preschte Milor los. Er hätte den Ranzen unter Einsatz seines Lebens verteidigt, Martins Kamerad Milor. Schnürte aber der Großvater seinen Rucksack zur Jagd, kündigte Milor seinem treuen Gefährten bedenkenlos die Freundschaft. Er schaute nur noch auf den Großvater, ob es endlich auf Pirsch ginge. Sobald Mann und Hund wieder auftauchten, da riss Milor das Kind fast zu Boden mit seiner umwerfenden Begrüßung: Wie konnte ich dich vergessen, ich werd' den Fehler nie mehr machen, bis vielleicht zum nächsten Mal.

An schulfreien Tagen holte Milor den Spielfreund ab, er durfte mit ihm zu den Großeltern und auf der Alm übernachten. Oft – öfter, als er es im Grunde genommen beabsichtigte – versäumte Martin das Bravsein oder das Lernen, meist beides. Die Strafe für den Wiederholungstäter war gerecht, jedoch grausam: Hausarrest! Es sei denn, ein Fleißzettel aus der Schule verhalf ihm zu einer Art Freifahrtschein auf die Alm.

Verflixte Fleißzettel! Kleine Heiligenbildchen mit frommen Sprüchen und bunten Darstellungen von der heiligen Klara oder gar der Mutter Maria. Sie galten als begehrte Tauschobjekte. Unter der Hand vom Ehni aufgerüstet, besaß Martin für akute Anlässe ein paar Groschen zum Kauf von Stollwerk oder einer Stange Lakritze. Auf diesem Umweg sicherte er seinen Kontostand an Fleißzetteln sowie den Besuch bei den Großeltern. Der Ehni war eben sehr gescheit und außerdem ein großer Jäger – für Martin der größte Jäger, den es überhaupt gab. Dass er Ahnas bescheidene Küche mit Wildbret aufbesserte, entdeckte Martin erst später.

„Du-u, Ehni, was ist das für ein gutes Fleisch?"

„Pst! Mir ist beim Mähen doch glatt ein Reh in die Sense gelaufen. Frag nicht so viel, Bua, und iss!"

„Du, Ehni, werd' ich auch mal ein großer Jäger?"

„Warten wir's ab. Mit dem Älterwerden schaut die Sache oft ganz anders aus. Du willst am Ende Lokführer werden oder Pilot oder gar Doktor!"

Ein Doktor? Den ganzen Tag im weißen Kittel herumrennen und die Leute mit großen Spritzen zu erschrecken? Niemals!

„Versteh ich gut", nickte der Ehni. „Als Lokführer bist du besser dran …"

„Aber … Eeehni! Dann habe ich immer ein rußiges Gesicht!"

„Wo sich der Bub schon jetzt so ungern wäscht", brummte die Ahna.

Der Ehni schüttelte den Kopf: „Ist es nicht praktisch, wenn die Landschaft vorbeizieht und man nicht selber laufen muss?"

Martin zögerte, doch die Nachteile überwogen: „Denk nur an dieses Rattern und Pfeifen, dass die Pferde scheu werden!"

„Na klar, die Pferde hätte ich fast vergessen. Die Sache mit dem Ruß ist unwichtig, aber die Pferde sind schon entscheidend, weshalb einer kein Lokführer werden möchte. Dann wirst du eben Pilot. Stell dir vor, frei zu fliegen wie der Bussard …"

„Du-u, Ehni, wie fliegt so ein Flugzeug?"

Plötzlich herrschte Schweigen am Tisch. Die Ahna klapperte mit den Tellern. Es gibt verschiedene Arten, wie eine Frau ihre Stimmung im Geschirr nachklingen lässt. Sie kann es energisch tun oder zornig, wenn sich der Hausherr verspätet. An Sonntagen klirrt es ganz sanft, richtig feierlich, aber – und das war jetzt der Fall – sie kann Teller und Schüsseln hin- und herrücken mit einem ganz spöttischen Unterton.

„Dein Ehni weiß nichts von Flugzeugen. Wahrscheinlich hat er noch nie eines gesehen, außer in der Zeitung."

„Und was ist das schon", lachte der Ehni.

„Nein", entgegnete die Ahna, „unser Martin soll Pfarrer werden."

„Ahna", protestierte der Bub, „da muss man schrecklich lang lernen! Lern du einmal diese fremde Sprache, die nur der liebe Gott und der Herr Pfarrer verstehen."

Er kannte das Problem als angehender Ministrant, dem das Auswendiglernen des Confiteor genug Sorgen bereitete. Ab und zu ein Schlückchen Messwein, nachdem man eine Ewigkeit studiert hatte, weit weg von zu Hause. Geistliche durften auch nicht heiraten. Martin fürchtete zwar, sein Schwarm mit dem wunderbaren Namen Margot heiratete ihn auch dann nicht, wenn er sich zu fragen getraute. Immerhin geschehen ab und zu Wunder. Die hörten für ihn als Pfarrer auf.

Nein, er wollte Jäger werden mit einem eigenen Gewehr, wie jenes vom Ehni. Mochten andere vom Old Schmetterhand und seiner Donnerbüchse träumen! Nicht der Rede wert neben dem Ehni und seinem Drilling: drei Läufe, zwei für Schrot und eine für Kugeln. Als ob der Ehni zwei Schrotläufe brauchte, weil er ohnehin nie danebenschoss. Trotzdem wäre es möglich, dass ihm zwei Füchse vor den Lauf kämen oder drei Hasen. Nicht genug der Sensationen, konnte man ein Zielfernrohr aufsetzen und nachts ein Leuchtkorn. Falls der Ehni wirklich einmal mehr Ruhe brauchte und der Martin ordentlich dem Großwerden entgegenwuchs, sollte die Wunderwaffe den Besitzer wechseln. Offenbar bestanden da heimliche Absprachen, vielmehr eine schweigende Übereinkunft.

Inzwischen lernte Martin unter einem strengen Meister die knifflige Handhabung des Drillings. Die Schulter schmerzte vom Rückstoß, aber der Ehni zeigte kein Mitleid, sondern wies den Jungschützen zurecht: „Wer Angst vor dem Drilling hat und ihn nicht fest genug an die Schulter presst, ist selber schuld."

Der Herbst hatte lang gedauert, wie ursprünglich jede Jahreszeit die zugemessenen Abschnitte gründlich auskostete. Leg dich an einem Sommerabend ins Bett und in der Früh, hui, bläst der Nordsturm die letzten Blätter von den Bäumen. Frag deinen Großvater, ob er sich erinnert, aber vermutlich wird er prompt vom Krieg reden und um wieviel besser es dir heute ginge.

„Es riecht nach Schnee", verkündete der Ehni eines Morgens. Martin hatte ihn schon gespürt, diesen winterlichen Hauch, der dich anfliegt, du ahnst nicht woher und warum du sagst: Ja, kein Zweifel, es riecht nach Schnee. Und... seltsam: Da lag noch etwas in der Luft. Staubteufelchen tanzten, hier und da wirbelte der Nordwind kleine Steine auf, fuhr unter die Dachschindeln, verzichtete aber noch auf Windbeuteleien. Der Ehni tat sehr geheimnisvoll. „Du wirst staunen, Bua! Tja, Milor, da wird unser Martin Augen machen."

„Eine Überraschung? Sagst du's mir?", bettelte Martin.

„Dann ist es keine Überraschung", erwiderte der Ehni. „Dass du mir ja nichts verrätst, Milor!"

„Wenn du nur ein kleines bisschen erzählst, Ehni."

„Nein, du Quälgeist. Warte auf den Schnee!"

Der Schnee aber wollte nicht kommen. Obwohl ein leicht metallischer Geruch für den üblichen Vorgeschmack sorgte, hielt sich der Himmel bedeckt. Entsetzlich, jung zu sein und auf Schnee warten zu müssen – als wäre das eine oder andere nicht schlimm genug. Nach einer Ewigkeit und einem Tag stand für Martin hundertprozentig fest, nie mehr in seinem ganzen Leben hörte er Schneeflocken freundlich flüsternd die Wintersaat begrüßen.

Gebete bestürmten dann wie Befehle den Himmel: „Heiliger Martin, mach', dass es schneit!" Ob der Namenspatron seinem zielbewussten Bittsteller half? Selbstverständlich. Sonst drehte sich diese Geschichte sinnlos im Kreis.

„So", rieb sich der Ehni die Hände, „höchste Zeit für deinen ersten Fuchs!"

Jetzt Martins Freude beschreiben? Den Ausdruck seiner Augen schildern, wenn ihn die Erinnerungen überwältigten? Einige Phänomene müssen wir einfach einräumen, ohnehin blieben wenige Illusionen übrig.

Und nur wer je diese unnennbare innere Bewegung bis in die letzte Haarspitze pulsieren fühlte, versteht sich aufs Waidwerk. Da geht man als Kind auf die Pirsch und kommt zurück als Mann. Vereinzelt aber nimmt das Schicksal seinen Lauf über steile Pfade und wirft einen stolzen, jungen Jäger wieder zurück in die Ängste der Kindheit.

„Wann, Ehni, wann?", drängte Martin.

„Geduld, Bua. Jeder Plan braucht Vorbereitungen." Zunächst hieß es, Fuchsspuren suchen, daraus zu lesen: die Größe des Fuchses, und ob er schnürte oder in Eile war. Martin entdeckte alles Mögliche. Auf die richtige Spur in der Nähe des Heustadels brachte ihn der Großvater.

„Schau, wie vorsichtig er schnürt. Wie sacht er mit den Pfoten auftritt, immer hintereinander. Sonst wäre die Fährte anders, und du könntest sie leicht mit einer Hasenspur verwechseln."

„Wie vorhin?" Martin schluckte. „Der Milor hat's gewusst. Ist mein Fuchs auch so gescheit?"

„Der ist schlau." Gutmütig beantwortete der Ehni nur die letzte Frage. „Höllisch gewitzt wie der Satan! Es wird dich einige Mühe kosten, deinen Fuchs zu überlisten. Dem trau ich's zu, dass er das Luder nicht annimmt."

Hier benötigte Martin keine Erklärung. Für ihn war ein Luder der Köder. Überhaupt kannte er wenige

„schlimme“ Wörter – schlimm genug, dass er die korrekten Worte in der Schule falsch schrieb! Flüche hörte er auch selten. Entschlüpfte dem Großvater ein verwünschtes „zum Teufel“, bekreuzigte er sich sofort. Einen Heiligenschein setzte Martin dem Großvater nicht auf, der wäre sogar für den Kopf des größten Jägers zu weit gewesen.

„Du und ich“, eröffnete der Ehni, „wir zwei Waidmänner, legen zunächst das Luder aus, bis...“

„Bis wann, Ehni, wann?“

„Noch nicht. Warte auf den Vollmond. Wann lernst du Geduld?“

Leider befand sich der Mond in der Übergangsphase. Martins Ausdauer stellte das schläfrige Anschwellen des nächtlichen Himmelskörpers auf eine harte Probe. Nie zuvor, gewiss seit Erschaffung der Planeten, verlängerten sich derart rücksichtslos die Wartezeiten.

Warten. Man kann es lernen oder zum Kult erheben. Dann pflegte man zu warten. Auf Schnee oder auf die Weihnachtsferien. Die meisten Probleme bereitet das Warten, wenn ein Kind nicht zeigen darf, dass es wartet. Etwa auf den Vollmond.

Inzwischen brieten Großvater und Enkelsohn Abfallfleisch, um es als Köder zu verwenden. Martin schien es nie zu reichen, und er sparte sich manch zusätzlichen Bissen vom Mund ab, bis ihn der Ehni mahnte: „Wenn du nicht ordentlich isst, kannst du deinen Fuchs vergessen. Ein solch klappriges Gestell, das bei jedem Schritt mit den Knochen rasselt und mir die Füchse verscheucht, das nehme ich nicht mit!“

Der Ehni schien seine Drohung durchaus ernst zu nehmen. Martin aß wieder tüchtig – und hätte gern auf vieles freiwillig verzichtet, damit genug Köder übrig bliebe für seinen Fuchs.

An einem Morgen voller Eiskristalle am Fenster, brachte der Ehni mit einem Schwall kalter Luft eine gute Nachricht von draußen. „Das Luder hat er angenommen.

Jetzt brauchen wir nur mehr eine schöne, klare Vollmondnacht."

Nächtelang ließ der Erdtrabant den Buben im Unklaren, womit er sich hinter den Wolken beschäftigte. Am Wochenende tauchte er auf: ein kugelförmiger Mond, bis auf eine minimale Vertiefung an der rechten Seite. Man bemerkte die flache Stelle kaum, nur beim genauen Hinsehen.

„Wann, Ehni, wann?"

„Am Abend!"

Kennst du diese Tage, an denen es nie Abend wird? Tage, die nie vergehen wollen? Die meiste Zeit schlug Martin sie tot, die Zeit. Keine Rede von Aufmunterung durch den Großvater mit seinen Sprüchen: Ein guter Jäger unterscheide sich vom schlechten durch Ausdauer, und dass er sehr wohl abwarte, bis der rechte Augenblick gekommen sei.

Irgendwann wurde es dunkel.

„Geht's jetzt los, Ehni?"

„Ach, ein kluger Fuchs sucht nicht vor elf Uhr sein Futter."

„Und wenn er überhaupt nicht kommt?"

„Dann eben morgen..."

„Nein, das darf mir mein Fuchs doch nicht antun!"

"Iss, Bua!"

„Ich hab gar keinen Hunger!"

Streng runzelte der Ehni die Brauen: „Nur ein satter Jäger schießt gut!"

Da stürzte sich Martin geradezu auf Ahnas Kochtöpfe, um schnell ein satter und guter Jäger zu werden. Während der Großvater den Rucksack packte, steckte die Ahna den Buben trotz seines Wehgeschreis in warme Kleidung.

„Ahna, ich schwitz eh schon so fürchterlich!"

„Es wäre nicht das erste Mal", betonte der Ehni, „dass ein Jäger vor lauter Zittern in der Kälte danebenschießt. Aber wenn du willst..."

Da nahm Martin auch noch den Schal, obwohl er abscheulich kratzte.

Endlich, endlich ging es los.

Draußen eine grenzenlose Landschaft, in Mondlicht getaucht. Weiß in unterschiedlichen Schattierungen, namenlose Farbtöne nur für nüchterne Menschen: seelentrostweiß, augenschmerzweiß, ein kaltes und warmes Weiß oder schlicht schneeweiß. Klar umrissen von einem Schwarz, das blau oder dem farblosen Schwarz, das grau war. Oder rein schwarz, tief und dunkel – eben schwarz und nichts anderes. Überall Sterne, oben und unten, sanft strahlend am Himmel, näher und stärker funkelnd auf dem Schnee.

Gesehen hat Martin all die Schönheit bestimmt nicht – umso mehr gefühlt. Empfindungen, denen man in jungen Jahren davonläuft. Und je tiefer die Gefühle wurden, desto schneller rannte der Bub.

„Geh langsamer“, flüsterte der Ehni.

„Ja, ja, Ehni, bin schon langsam.“

„Und mach nicht solchen Lärm!“

„Ich bin doch ganz leise!“ rief Martin.

„Braver Milor“, lobte der Ehni, „von dir hört man keinen Mucks. Unser Martin wird's auch noch lernen. Dass wir beim Heustadel sind, hat er gar nicht gemerkt. Ohne uns, Milor, sauste er wahrhaftig daran vorbei, und wir hätten glatt das Nachsehen.“

Ach, der Martin war ja so in Gedanken bei seinem Fuchs und wäre bis ans Ende der Welt marschiert und wieder zurück, ohne im Stadel zu landen. Dort legte sich der Milor brav nieder, während der Großvater für sich ein feines Heu Bett richtete.

„Was tust du, Ehni?“

Wofür, meinte der Ehni, habe er die Decken mitgenommen? Martin erhielt zwei Polster: Eines kam auf die Stallbank, ein zweites Kissen aufs Fensterbrett als Auflage für den Drilling. „Bring den Drilling in Position. Gut so.

Laden. Das Leuchtkorn aufsetzen. Du machst das sehr ordentlich. Ich kann jetzt ruhig schlafen gehen."

„Ehni", jammerte der Bub, jetzt kein mannhafter Jäger mehr, sondern ein kleinmütiges Kind. „Magst nicht bei mir bleiben? Vielleicht musst du mir helfen?"

„So, so, wessen Fuchs ist das? Deiner oder meiner? Na also. Du weißt, wie er schnürt, und dass er das Luder nicht an Ort und Stelle frisst, sondern im Maul sammelt und daher schnell ist. Darauf musst du gefasst sein. Er wird beim ersten Köder aufkreuzen, dort kurz anhalten, zum zweiten Köder laufen, das Luder rasch ins Maul stopfen, und wenn du bis dahin nicht geschossen hast, ist dein Fuchs fort auf Nimmerwiedersehen." Damit hatte der Ehni seine Pflicht getan und legte sich auf sein Heu Bett. Als wäre es das Selbstverständlichste auf der Welt, dass sein kleiner Enkel mit einem Gewehr dem ersten Fuchs entgegenfiebert!

Warten. Wachen. Horchen. Der Stille nachlauschen. Durch den Spalt des leicht geöffneten Fensters starrte Martin auf sein Revier. Erhellt von dem eindrucksvollsten Licht, das du dir denken kannst. Zum Verrücktwerden, dieser Mond! Musst dich in acht nehmen vor so einem Mond, wenn du acht, achtzehn oder achtzig bist. Leises Schnaufen vom Milor, lauter das Schnarchen vom Ehni – sonst regte sich nichts. Schatten erschienen, fuchsähnlicher als Füchse. Der Schnee begann vor Martins Augen zu flimmern. Mit den Lidern geblinzelt: hell und dunkel und hell und...

Huscht dort ein Fuchs? Nein. Blendwerke narrten ihn.

„Komm schon", flüsterte Martin. „Darfst keinen Fehler machen, hat der Ehni gesagt. Mit dem Schnüren des Fuchses mitziehen, dann den Drilling etwas vorziehen, die Luft anhalten. Abdrücken! Pst... Leise! Nicht den Ehni aufwecken." In Gedanken erlegte Martin damals hundert Füchse. Mindestens.

Es geschah unvermittelt und gleichzeitig: Wenn der richtige Schatten Gestalt annimmt, kannst du aufs

Blinzeln verzichten; du weißt Bescheid. Dein Herz macht einen Satz, hört auf zu schlagen und holt das Versäumte doppelt so schnell nach. Und dann...

Hatte Martin geschossen oder war er eingeschlafen und soeben aufgewacht? Angefeuert von Wunschbildern durch ein Geräusch wie ein Schuss? Ehni stand neben ihm. Erst als er dem Buben sanft den Drilling aus den Händen nahm, als Milor mit der Rute wedelnd zu seinen Füßen lag, löste sich die Anspannung.

Martin seufzte: „Ich hab alles verpatzt!"

„Nein", erwiderte der Ehni, „du hast ihn sicher erwischt!"

In der Eile, nachzusehen, hätte Martin fast auf die Jacke vergessen. Nicht aber der Ehni. Der vergaß nie etwas. Einem Schlafwandler gleich stapfte Martin durch den Schnee. Und da lag der Fuchs. Als wäre er mitten im Laufen eingefroren oder eingeschlafen. „Waidmanns Heil", sagte der Ehni ernst, „du hast deinen ersten Fuchs geschossen!"

Weich und warm ruhte der Fuchs in Martins Händen, und er fand es unbegreiflich, dass der Fuchs plötzlich nicht mehr lebte. Sie marschierten zurück, Milor vorneweg. Martin lauschte auf das Knirschen des Schnees, sah Milor und sah ihn wieder nicht, wie das in Träumen öfter passiert.

„Wach auf, Bua! Da ist schon unsere Hütte."

Ahna hatte vor dem Schlafengehen die Petroleumlampe angezündet. Der Ehni schraubte die Flamme höher, warmes Licht erfüllte die Stube. Schön war es in der Hütte, und so verschnauften die Jäger, zogen das warme Gewand aus. Dass der Bub aber gar nichts sagte, wunderte den Ehni schon sehr.

„Komm, lass mich deinen Fuchs genau ansehen. Er ist eine sie! Eine wunderbar hell und goldbraun gezeichnete Fähe. Schau dir diese dicke, buschige Rute an..."

Leise wie nie zuvor flüsterte Martin: „So eine ganz weiße Schwanzspitze hab ich noch nie gesehen! Ich hab überhaupt noch nie einen so schönen Fuchs gesehen." Versonnen blies er ins dichte Fell.

„Ehni?"

„Ja, Bua."

„Weißt du, was ich mir vorstelle?"

„Nein, Bua."

„Ich stell mir vor, dass sich mein Wunderfuchs nur kurz in die Stube geschlichen hat, um sich aufzuwärmen."

Nachdenklich betrachtete der Ehni das stille Kindergesicht: „Ja, freilich. Wie soll ein kleiner Kerl auch mit den großen Gefühlen zurechtkommen?" Dann schnäuzte er sich kräftig. „Na, wollen wir die Ahna tüchtig erschrecken?", fragte der beste und größte aller Jäger mit dem feinsten Einfühlungsvermögen aller Großväter.

Er stellte den halboffenen Rucksack auf den Tisch und arrangierte mit Martins Fuchs eine Szene wie aus dem Bilderbuch: Die Pfoten aufgestützt, spähte Reineke Fuchs listig zur Stubentür.

Martin malte sich aus, wie die Ahna morgens hereinkam, den Fuchs erblickte und sich vor Schreck nicht zu rühren vermochte. Ob sie in Ohnmacht fiel? Das wünschte er nun doch nicht.

„Ach was", erwiderte Ehni trocken. „Die Ahna ist noch nie in ihrem Leben in Ohnmacht gefallen!"

Milor schlief bereits neben dem Ofen. Hin und wieder zuckten seine Beine. Verfolgte er im Traum den Fuchs? Martins mit Laub gefüllte Matratze raschelte, als er sich wie ein Hase eine Mulde schuf. Nur ja nicht den Zeitpunkt verschlafen, wenn die Ahna in der Früh den Fuchs, seinen Wunderfuchs, erblickte! Gleich Meister Lampe schlief er mit offenen Augen. Beinahe.

Morgens weckte ihn das Klappern von Geschirr. Alles schien wie sonst. Nur mit der Unterhose bekleidet, rannte Martin in die Küche. Unfassbar! Seelenruhig kochte die Ahna Kaffee und dachte nicht daran, ohnmächtig neben dem Herd zu liegen. Martin sah sich um: keine Großmutter am Boden, kein Rucksack auf dem Tisch und überhaupt...

Wo war sein Fuchs?

Die Ahna ermutigte ihn kein bisschen. „Zieh dich an. Frühstück gibt's erst, wenn der Ehni aufsteht!"

„Wo ist der Rucksack?", heulte Martin. „Wo ist mein Fuchs?"

„Welcher Fuchs?" Scharf unterbrach sie das Lamento. „Versuch nicht, mich abzulenken! Ich hab mich über euch sehr geärgert. Ein Rucksack gehört nicht auf den Tisch. Das solltet ihr wissen, du und der Ehni!"

Frage, Gegenfrage, keine Antwort. Gebeutelt von Angst und Hoffnung, überwog die Verzweiflung.

„Wer macht denn da so einen Lärm?" Schlaftrunken polterte der Ehni in die Küche.

„Schlamperei", fuhr auch ihn die Ahna an, „stellen mir den dreckigen Rucksack auf den Tisch und wollen sich mit irgendwelchen verschwundenen Füchsen herausreden!"

„Ehni." Martin weinte fast. „Gell, die Ahna will jetzt uns einen Streich spielen?" Besorgt schaute er auf die Erwachsenen, sah, wie sie die Köpfe schüttelten. Er verstand die Welt nicht mehr. Der Fuchs weg, seine Anerkennung weg, ganz zu schweigen von der Freude. Und der Ehni, sonst nie um Anhaltspunkte verlegen, stand gebückt vor dem Rucksack, stierte in dessen geräumige Tiefe, als läge dort des Rätsels Lösung.

Nach einer von gedankenvollem Schnaufen begleiteten Pause, länger als ein von Spukgestalten gehetzter Knirps zum Ankleiden benötigte, durfte Milor schnüffeln. Durchdrang seine Nase der geringste Hauch eines Beweises, ließe sich auch die Fährte eines Geisterfuchses aufnehmen. Auf einmal wies Milors Schnauze in Richtung Kellertür.

„Hm", machte der Ehni.

Milor freute sich über das Lob und tobte die Treppe hinunter. Ehni, Ahna und Martin folgten etwas langsamer. Im Keller versuchten die Großeltern, den Fall kriminalistisch aufzurollen. Sie flüsterten, während Milor die Ohren spitzte. Natürlich begriff Martin die Zusammenhänge noch vor Milor, allerdings mit geringem Vorsprung. War sein Fuchs, sein erster Fuchs, von den Toten auferstanden?

„Ahna", atmete der Ehni froststarre Fragezeichen aus, „hast du mitten im Winter das Kellerfenster offen gelassen?"

„Ich werde doch nicht..." Sie erschrak. „Hab's vergessen!"

„Jetzt ist alles klar!" Nachdrücklich schloss der Ehni das Fenster wie den Fall. Der Fuchs dürfte von den Schrotkörnern nur leicht verletzt oder vom Schuss betäubt gewesen sein. Und irgendwann am frühen Morgen flüchtete er durchs offene Kellerfenster. So muss es gewesen sein.

Martin empfand weder Enttäuschung noch Erleichterung. Im Grunde genommen fühlte er gar nichts, so schwindlig war ihm von den vielen Gefühlen. Sein Fuchs war tot gewesen, und jetzt war er lebendig. Er war sein kleiner, großer und sein einziger Fuchs. Er war ein Teil von ihm. Er verstand die Welt zwar immer noch nicht, aber zumindest kam sie knapp vor Weihnachten in Ordnung.

Im Frühjahr steckte der Ehni erneut voller Geheimnisse.

„Komm mit, wir suchen das wahre Fabelland ohne falschen Zauber. Nein, Milor, diesmal bleibst du hier."

„Wohin gehen wir, Ehni? Gehen wir jetzt gleich?"

„Wann lernst du Geduld? Braver Hund, Milor. Du hast es begriffen..."

„Ach", gluckste die Ahna, „der Ehni hat es auch nicht von einem Tag auf den anderen gelernt. Oder?"

Der Ehni schmunzelte. Milor erhielt noch seine Streicheleinheiten. Einen Augenblick zögerte der Ehni, als überlegte er, ob auch der Ahna ein freundliches Tätscheln zum Abschied willkommen wäre.

„Nun, also dann, " murmelte er verlegen, „bis dann..."

„Also nun, ja dann, ihr zwei.“ Was zählen schon Worte, wenn die Reihenfolge stimmt und der Tonfall?

Ohne das Ziel zu verraten, marschierte der Ehni los. Stumm trabte Martin neben ihm. Als der Ehni anhielt, nickte er zufrieden, reichte seinem Begleiter wortlos das Fernglas. Zusammen mit Ehnis Geheimnis, von der Optik nahegebracht, entdeckte ein fast neunjähriger Bub auch die kleinen Wunder in Gottes gewaltigem Tiergarten: Welpen spielten vor einem Fuchsbau, arglos im jugendlichen Übermut, scheinbar ohne Aufsicht. Martin lachte, aber innerlich, lautlos, wie gute Jäger lachen.

Dann sah er sie.

„Schau dir ihre Zeichnung an“, wisperte der Ehni. „Sie ist wirklich eine besonders schöne Fähe: hell und goldbraun. Siehst du ihre dicke, buschige Rute?“

„Sie hat eine weiße Schwanzspitze“, hauchte Martin.

Ruhe erfüllte das Kind, die ich weder dir noch mir zu erklären vermag. Ich weiß auch nicht, wie lang sie saßen, der Großvater und sein Enkelsohn. Etwas geschah. Ich glaube, die Zeit stand still. Aber sie ging doch weiter.

Weltspartag, und alle waren glücklich

Am 30. Oktober, bald nach dem katastrophalen Ende seiner Dschungeltournee, betrat der Maler Franziskus Strangl den unvertrauten, in den letzten zwanzig Jahren sechsmal umgebauten Marmorpalast der heimatlichen Sparkasse. Beständig wie einst rauschte der Regen. Dasselbe stabile Gleichmaß erwartete Franziskus von einem Bankinstitut. Stattdessen hatte sich die Tür automatisch vor ihm geöffnet, und nun stand der Weitgereiste fassungslos in einer Art Niemandsland. Ventilierte Luft wehte ihn an, der Hauch von Raubtieren im Käfig. Erschrocken suchte Strangl Halt, tastete nach einer Türklinke. Seine Finger griffen ins Leere. Gegen das Drängen der Vernunft arbeitete der Wunsch nach einem trockenen Platz. Strangl machte einen Schritt nach vorn. Sacht schmatzend vereinigten sich die Glastüren.

Tropfen sprangen vom nassen Schirm des Malers, so zitterten ihm die Hände. Ein unbestimmtes Bangen jagte in Wellen durch seinen Körper. Bösartiger als jene Schauder, die man abzugrenzen vermag. Dämonisches Sirren schleimte sich in die Gehörwindungen, ein Brausen gleich Schwärmen von Mörderbienen. Elende Pein flog ihn an. Als ob das Umlegen eines Kontos nicht genug Lasten bereithielte!

Zwei schrill verschalte Damen rissen ihn aus grauen Gedanken. Er kannte die Gattung. Damen auf Zeit. Während des Ausgangs stützten Make-up und Wohlwollen die Gesichtszüge, daheim trug selbst die Seele Lockenwickler. Unterhielten sie sich leise, betraf das Gespräch stets einen Dritten.

„Das ist doch der Franziskus Strangl?“

„D e r Strangl? Er malt so schöne Bilder, wo Bäume noch Bäume und Menschen Menschen sind. Ich wünschte, ich hätte eines seiner Gemälde gekauft, als er sie fast umsonst anbieten musste."

Seitdem einige Kritiker Meister Strangls archaischen Stil als sensationelle und völlig neue Kunstrichtung bezeichneten und andere den Stranglizismus als widerwärtigen Naturalismus abwerteten, stiegen die Preise seiner Werke für den einfachen Sparer in unerreichbare Höhen.

Na, sie wisse nicht so recht, plapperte die erste der Klatschbasen. „Vielleicht fehlt es ihm an Einbildungskraft?"

Daran mangelte es nun Franziskus Strangl keineswegs, eher litt er an einem Übermaß an Phantasie. Obwohl ihn die Butuan Eingeborenen seinerzeit lehrten, nicht hinter die Dinge zu sehen, sondern sie geradewegs anzusteuern. Entdeckt das Künstlerauge eine blaugrüne Farbsymphonie statt eines Busches, geht die unscheinbare Giftschlange im Blätterwerk regelrecht ins Auge. Strangl zügelte seine grässlichen Visionen und malte, wie ein Autolenker im Straßendschungel fahren sollte: auf Sicht.

Hätte Strangl auf seinen Instinkt gehört, befände er sich umgehend auf dem Weg, der auch in einem Geldinstitut zum billigsten zählt, und den man aus unerfindlichen Gründen „Fersengeld geben" nennt. Dem Maler wäre vieles erspart geblieben.

Reißaus nehmen? Strangl unterdrückte den seit neuestem stark ausgeprägten Fluchtreflex. Schließlich hatte er, einzig bewaffnet mit Pinsel und Farbe, die angeblich zivilisierte Welt gegen urtümliches Wachstum eingetauscht. Eher blindlings denn tapfer war er während seiner Motivsuche im Schwarzen Erdteil auf das Volk der Butuan gestoßen. Tollkühn oder dummdreist – danach fragte keine Künstlernatur. Schon deshalb hatten ihn die Butuans zum 3. Unterhäuptling befördert, hatte er seine Rangerhöhung gedeutet.

Jetzt, schwindlig und von schlimmen Ahnungen erfüllt, wartete er in der Menge vor den Kassenschaltern.

Nach scheinbar unbefristeten Jahren im Busch wusste er nichts von Weltspartagen. Abgesehen davon, lebte er früher ebenfalls in den Tag hinein, sparte weder mit der Zeit, noch für die Not. Hauptsache, er blieb sich innerlich treu!

Sparbüchsen klapperten, Kinderstimmen übertönten das laute Geräusch der Zählmaschinen für Münzgeld.

„Ich bin doch kein Baby! Ich mag kein Stofftier“, rief ein Bub. Angewidert fixierte er das Sortiment handgroßer Plüschbären.

„Nicht das Rote“, mühte sich eine kindliche Stimme um bedeutungsvoll tiefere Töne. Auf dem neuesten Stand bis hin zu den Designerschuhen, musterte ein kleiner Bursche empört das angebotene Spielzeugauto.

„He, Martin, lass dir ein geiles Taschenmesser geben“, unterbrach ihn ein ähnlich gekleideter Bengel. Offenbar der Bruder des Kleinen, durfte er jedoch wegen seines fortgeschrittenen Alters von mindestens zwölf Jahren seine Mähne durch ein grelles Grün aufpolieren.

„Ich will“, und „Ich will was anderes“, wimmelte es in allen Entwicklungsstufen einer langmütigen Erziehung durcheinander. Das rieb sich und raufte. Das summte und sammelte, ausschließlich vom Wunsch nach Besitz ohne Substanz getrieben.

„Danke!“ Für drei Sekunden herrschte überraschte Stille. Drei Sekunden, jene Ewigkeit zwischen dem Sturz von einem Baumriesen und dem Aufprall am Boden. Strangl kümmerte nicht, wofür sich das Mädchen bedankt hatte, er sah nur ihr Dekor.

Dieses höfliche Mädchen, weder Kind noch Erwachsene, verkörperte den Zauber seiner Urwald-Ära. Nicht der Schöngeist in Strangl studierte die etwa Dreizehnjährige, auch ergründete der Kunstschlemmer nicht mehr das weibliche Vielgestylte – dem war er längst entwachsen. Franziskus, der Fernwehkranke, schaute endlich wieder die Musterformen des Urwalds. Entzückt betrachtete er Ohren wie Muscheln, die Ränder umzackt von Glitter und Perlen.

Geistig verfolgte er den Schwung der Augenbrauen, vollendet durch Ringe, und erbaute sich zuletzt am silbernen Knopf im rechten Nasenflügel. Auf diese Weise deklarierte das Mädchen, wie es gute Sitten verlangten, seine Reife und die Bereitschaft, Kinder zu gebären. Trotz ihres Makels – der weißen Hautfarbe – hätte das prächtig bestückte Geschöpf unter den besten Kriegern der Butuan-Eingeborenen wählen können.

Strangl erschrak. Immer wieder vergaß er, dass es wegen eines Rot-Weiß-Roten Desasters kein Zurück gab. Das einst Österreich freundliche Volk der Butuans warf nun alle Ausländer in einen Topf. Nein, schauderte es den Maler, für jedes Geschlecht ein gesonderter Topf.

Knapp vor ihm flüsterten die beiden Damen intensiv, womit sich wohl Franziskus geheimnisvoll tiefe Augen beschäftigten. Des Rätsels Lösung lag im Alter der Kunstjüngerinnen. Vielleicht, hätte er sie einige Jahre früher oder eine Schönheitsoperation später getroffen, wäre der Urheber des Stranglizismus heute ein freier Mann. Nichts lenkte seinen Blick ab, der durch die Matronen hindurchging, angezogen von bizarren Blattgewächsen und gierigen Schlingpflanzen, die sich um trockene, kunstmoosumkleidete Baumstämme ringelten. Darunter, kompromisslos einem täuschend echten Grünfleck aufgezwungen, aktive Fäkalienkunst: *DogsDorado.* Der letzte Schrei eines teuren Innenarchitekten. Herrn Strangl war zum Schreien zumute.

Die Damen redeten sich warm.

„Er war lange Zeit im Urwald."

„So schön braun …"

„Die Sonne hat ihn schwarzgebrannt."

„Der Mohr aus dem Struwwelpeter."

„Wer? Franziskus Strangl aus der Badgasse natürlich."

„Natürlich! Aber wenn er uns hört..."

„Mir scheint, er hört und sieht gar nichts. Die Katze, wenn es donnert!"

„Wie die Katze…“

Die Katze, wenn es donnert lautet der Titel des Gemäldes, mit dem Strangl seinen Durchbruch schaffte. Vor seiner Schöpfung grübelte jeder rational denkende Mensch über den Sinngehalt des bekannten Spruchs, weil man ja während eines Gewitters nie auf Katzen achtet, sich entweder keine Katze im Haus befindet oder unter dem Sofa. Wusste nur Meister Strangl, wie eine Katze aussieht, wenn es donnert? Er entnahm das Bild allein seiner reichhaltigen Phantasie. Derselben Quelle entsprang sein aktueller Gemütszustand.

Weiches Licht flutete über den grünen Teppich des Sparkassenraums; so samtig grün der Boden, als rechnete das Management unter anderem mit Wiederkäuern, dass ihnen das Maul wässerte. Die Schuhsohlen glitten über die weite Fläche, das elastische Gewebe dämpfte jeden Schritt. Genauso schlichen die Butuans auf nackten Füßen. Wo mögen sie sein? Befanden sie sich wieder auf dem Kriegspfad?

„Swissch! Ssswissch“, imitierte er unwillkürlich das Seufzen des getretenen Kunstrasens, aktivierte damit aber erneut die plappernden Mühlen der beiden Damen.

„Haben Sie das gehört?“

„Er murmelt irgendetwas Ausländisches.“

Selbstverständlich entsprach *Sswissch* keiner Redensart der Butuans; hier illustrierte der Maler lautmalend seine Eindrücke. Und tatsächlich *swischte* es um die teuren Palmen und Pseudobäume. Erwachsene und Kinder mit absurden bunten Plastikdingen in Händen suchten Sinngehalte oder überhaupt einen Halt, im Gesicht den leeren Ausdruck von entgeisterten Urwaldbewohnern.

Und das Unglück machte, was es immer tut. Es nahm seinen Lauf. Eine Bankangestellte hatte den berühmten Mann entdeckt, eilte auf ihn zu, stürzte sich gleichsam auf den heimgekehrten Star der Stadt. „Herr Strangl. Welche Ehre! Darf ich Ihnen ein kleines Geschenk anbieten?“

Überrumpelt räusperte sich Franziskus: „Aaaa ... Eeee ...“

„Den hübschen Aschenbecher?“

„Iiii ... Oooo ...!“

„Oh! Ich sehe, er gefällt Ihnen.“ Dienstbeflissen wendete die Frau den Kopf, rief nach dem Chef. „Herr Direktor, ich glaube, Herr Strangl will bei uns ein Konto eröffnen!“

„Ich begrüße Sie. Ich begrüße Sie“, frohlockte der Direktor schon von Weitem. „Sehr erfreut. Wie ich sehe, hat Ihnen unsere liebe Frau Doppelhuber bereits eine kleine Aufmerksamkeit überreicht. Ein sehr, sehr kleines Präsent, wie ich sagen möchte, ohne unsere reizende, langgediente Angestellte kritisieren zu wollen. Ich denke, da muss ich ein bisschen tiefer... Frau Doppelhuber, bitte kommen'S mal rüber mit den Sachen für unsere VIPs...“

„Uuuu ...“, würgte Strangl.

Der Forschungsreisende August Mack, der sich zufällig im Kassenraum befand, spitzte das rechte Ohr. Das Spitzen der Ohren zählt bekanntlich zum Überlebenstraining eines Forschungsreisenden. Nicht immer erfolgreich. Das durchschossene linke Ohr lauschte seit Kurzem nur mehr nach innen. Mit wachsendem Unbehagen beobachtete Mack, wie der Bankdirektor dem neuen Kunden eine grellbunte Schachtel aufdrängte.

Hingerissen von den Ereignissen harmonisieren die zwei Damen, sonst eher Nachbarinnen denn Freundinnen.

„Nein, wie Meister Strangl dreinschaut, direkt zum Fürchten!“

„Na ja, verständlich. Heute gibt's überhaupt nichts G'scheites zum Weltspartag. Aber für den berühmten Mann lässt der Direktor einen ganzen Sack Geschenke anschleppen...“

Brutal unterbrach sie ein grauenhafter Schrei, bohrte sich unter die Schädeldecke.

„Aaaa“, sprudelte es aus dem Maler. „Eeee“, spie sein Kehlkopf Verderben. „Iiiii“, trillerte die Zunge bösartig. „Oooo“, detonierte der Urlaut aller Töne zwischen abgerundeten Lippen. „Uuuu“, dröhnte der Brustkasten.

August Mack reagierte am schnellsten. Der Forschungsreisende hechtete über eine gepolsterte Sitzbank und versteckte sich hinter der Lehne. Er kannte den Kriegsschrei der Butuans genau, davon legte das durchschossene Ohr ein beredtes Zeugnis ab. Mack wusste, was kommen musste.

„Hey. Hey. Hey. Dschigga. Dschigga. Tschey.“ Als dröhnten Buschtrommeln und schlügen Wilde Alarm, schwang Franzisku Strangl seinen langen Schirm. „Dagga. Dagga. U-u-ey“, sprang er auf den Direktor zu.

„Hilfe“, piepste der Unglückselige, unterstützt von weiblichen Stimmen, während Frau Doppelhuber nach der Polizei rief.

„Keine Polizei“, flüsterte der Direktor. „Halten Sie sich genau an die Vorschriften. Tun Sie alles, was der Herr verlangt…“

Weil aber noch nie ein Herr mit irgendwelchem Verlangen an sie herangetreten war, sollte die Frau Doppelhuber die Instruktion des Direktors zu wörtlich nehmen.

Die kommende Szene wurde genau von der automatischen Überwachungskamera erfasst. Allerdings ohne Ton, was dem Film später viel seiner unheimlichen Dichte nahm. Der Bankdirektor robbte unter einen Schreibtisch, wo ihn Strangl von oben heftig mit dem Schirm attackierte. Geduckt hüpfend erreichte der Angegriffene die offene Tür zu seinem Büro, warf sie zu und drehte den Schlüssel. Strangl griff nach einem zunächst nicht zu identifizierenden Objekt auf dem Schreibtisch und schleuderte es in Richtung Direktionszimmer. Der Gegenstand prallte vom Holz ab. Vor der Türschwelle lag ein Brieföffner. Ob mit Tötungsabsichten, interessierte im Wirrwarr des Geschehens keinen der Anwesenden.

„Herr Direktor! Polizei! Mein Gott!“ Nicht von ungefähr wendete sich Frau Doppelhuber nach dem Direktor und der Polizei erst als dritte Instanz an den Himmel. Mein Gott sagte sie, weil der Kassier des dritten Schalters vor Aufregung aus einem Bündel Hunderter eine Banknote nach der anderen zog und verschluckte.

Niemand beachtete den stadtbekannten Säufer Lohengrin Antoni, der in aller Seelenruhe eine Geschenkflasche Sekt nach der anderen köpfte und endlich ins Delirium der reichen Leute verfiel.

„Frau Nachbarin?“ Kriegsrat der Damen, entsprechend der brisanten Lage sehr kurz. Zunächst müsse sich eine lebenstüchtige Frau hinlegen. Sie halfen einander sogar, strichen die Kleider glatt, damit sie nicht allzu sehr verdrückten. Ob der Meister eine Geisel verlange? Schon entbrannte ein Streit, da jede gern als Opfer zur Verfügung stünde.

„Aaaa!“, stöhnte Herr Strangl.

„Der spinnt“, deutete der elfjährige Grünkopf auf den Maler.

„Volle Deckung!“ Martin, der kleine Bruder, warf sich flach hin. Unterrichtet durch Kriminalfilme per TV, und zwar noch ehe er sprechen konnte, ergab sich der Knirps nach Brauch und Sitte.

„Idiot“, stieß ihn der Große brüderlich mit dem Fuß, „mit einem Schirm schießt man nicht!“

„Doch, du Blödmann“, erklang es gedämpft von unten, „hab’ ich schon millionenmal gesehen.“

„Von mir aus.“ Bruder Blödmann zog den kleinen Idioten am Kragen hoch. „Mit einem nassen Regenschirm kann man nicht schießen! Kapiert?“

„Ein Geheimagent schießt mit allem...“, mischte sich der Verächter niedlicher Plüschbären ein.

„...aber nie auf Kinder!“ Elisabeth, das interessant dekorierte Mädchen, geruhte sich mit Buben zu unterhalten. Entsetzt über soviel Dummheit, oder fürchtete sie sich doch ein wenig und suchte Kontakte?

„He“, unterbrach Martin zum Ärger des Bruders, dem trotz seiner immerhin zwöf Jahre erst jetzt die Augen für Mädchen aufgingen. „Wau, schaut euch die an!“

Die, Frau Hermine Doppelhuber und Herr Amtsrat Biermann krochen soeben auf dem Groteskgrün des Teppichs an dem jungen Volk vorbei. Amtsrat Biermann, in anderen Lagen sonst ratlos, flog gleichsam auf Engelsflügeln. Wenn ein fülliger Mann, auf zwei Knien und einer Hand auf dem Boden krabbelnd, beinahe zu schweben scheint, hat das Phänomen triftige Gründe. Des Amtsrats Linke umfasste die kräftige Taille der langgedienten Bankangestellten Hermine Doppelhuber. Einmal stoppte sie, zerrte an ihrem engen Kleid. Biermann durchbohrte es schon mit seinen Blicken. Objektiv betrachtet, war sie seine Schutzbefohlene, denn sie hatte sich ängstlich an ihn geklammert, und so zog er sie in einen verlassenen Büroraum. Zu guter Letzt schubste er sie ein wenig, aber wirklich nur ein bisschen. Sacht schloss sich die Tür hinter den beiden. Natürlich machten sie das Beste aus der Situation, weil hier Überwachungskameras fehlten.

Nur zwei kleine Gangster vernahmen den auf- und abschwellenden Ton. So leise und weit entfernt, dass es allein Diebsgesindel hörte.

„Die Polizei!“, warnte einer den anderen. Den Hosensack gefüllt mit entwendeten Spielsachen, rutschte ihnen das Herz wohl noch tiefer. „Los, hauen wir ab!“

Da öffnete Meister Strangl weit den Mund, rief zum Kampf: „Hey-hey-hey. Dschigga-dschigga-tschey. Dagga-Dagga. U-u-ey.“ Begleitet wurde er inzwischen vom Heulen der Polizeisirenen. „Uff, lasst die Sachen da, Kinder!“

„He, er kann richtig reden!“ Martin verschlug es die Sprache. Beinahe. „Wenn ihn aber die Polizei fragt?“ Ein gutes Argument, das seinen Bruder sicher vom Wert heimlich konsumierter Nachtfilme überzeugte. Doch der

Blödmann – offiziell hieß er Stefan – starrte unverwandt auf diese übervoll verzierte Pest von einem Mädchen. Noch hatte der an sich aufgeklärte Sechsjährige keine Erfahrung mit hormoneller Ausschüttung, blitzartig hervorgerufen oft an höchst ungeeigneten Orten. In einer Sparkasse zum Beispiel.

Stefan, dem die Hormone geradezu aus den Augen flossen, halluzinierte vor sich hin: Er trug die Erscheinung namens Elisabeth ins Freie, schützte sie mit breitem Rücken vor Regen und notfalls Kugelhagel. Obwohl auch Tagträume kaum der Sachlage entsprechen, lassen sie sich besser in die gewünschte Richtung steuern als im Schlaf. Er wollte die Angebetete retten und ihr Drachentöter sein, ungeachtet der Reihenfolge, denn laut Überlieferung kam erst nach dem Drachen die Prämie in Form eines schönen Mädchens und bloß im Märchen der Anlage nach Jungfrau.

Elisabeths Nasenflügel blähten sich, auf der beschwerten rechten Seite weniger heftig, und das wirkte besonders aufreizend. „Er hat ja nichts genommen. Gar nichts. Nicht einmal ein Set Schraubenzieher."

„Aber", protestierte Martin, „er hat den Direktor mit der Schirmspitze in den Hintern gestochen..."

„Und", betonte ein exotisch aufgemachter Bursche, „er hat Messer in der Gegend herumgeschmissen!" Für Maler eine Inspiration wegen der zweifarbigen Kontaktlinsen: Rechts irisierte das gelbe Auge des Tigers, links blinkte harmlos ein rotes Kaninchenauge. Seine Worte bescherten ihm jedoch von Elisabeth einen Blick, der aus dem Unbekannten ein Nichts machte. Nobody Himself.

„E i n einzelner Brieföffner", schnappte sie, „und er hat ihn auf die Tür geworfen."

Nun schien das Werk des Folgetonhorns getan. War ihr Verstummen für die Menschen in der Bank ein gutes oder schlechtes Zeichen? Je nachdem, und auch das kann sich rasch ändern. Autotüren fielen zu, ein Stakkato wie Schüsse als polizeiliches Vorspiel.

Dann folgte die gängige Aufforderung per Lautsprecher: „Kommen Sie ohne Waffe heraus!"

„Unmöglich!", rief Herr Strangl.

„Warum?" Ohne Frage keine Frage.

„Weil es draußen regnet!"

Abrupt herrschte vielsagendes Schweigen. Von einem Polizeiorgan benutzt, klang es unheilschwanger. Zunächst jedoch mussten Psychologen und womöglich Meteorologen geholt werden.

„Er braucht seinen Schirm", prustete Martin.

„Wissen Sie, in Ihrer Haut möchte ich nicht stecken", bekannte einer der kleinen Gangster. Kein Spitzbube mehr, sondern ein braver Bub.

„Ich auch nicht", lachte Strangl gequält, „es sollte aber wenigstens eine trockene Haut sein."

Weshalb er denn so ausgeflippt sei, fragte zu Strangls Freude das anschauliche Mädchen. „Ach, Fräulein", seufzte er und stockte, irritiert durch ihr Kichern. „Elisabeth", versuchte er es mit dem Vornamen, wartete auf ihr gnädiges Nicken. „Hast du einmal vom Stamm der Butuans gehört?"

Ähnlich den Indianern aus Mexiko, nickte das Mädchen, die wären oft nach Wien gekommen wegen ihrer Federkrone.

Strangl zuckte die Achseln. Die Butuans leben in einem anderen Erdteil, erklärte er. Als Zahlungsmittel dienten Muscheln, und eine Flugreise koste bestimmt eine Tonne Muscheln. Für harte Währung fehle den Butuans das Geld. Und ihre Geschichte sei ganz anders verlaufen. „Ich war dabei, als die friedlichen Eingeborenen zu sogenannten Wilden wurden. Ein echter Wilder! Wie gern möchte ich das sein!"

Die Polizei, inzwischen im Schnellverfahren psychologisch unterrichtet, rührte sich wieder: „Wenn Sie die Geiseln nicht freilassen, brechen wir die Tür auf!"

„Er tut uns nichts", rief Elisabeth. „Er ist kein Bankräuber, sondern ein echter Wilder!"

„Danke für das Kompliment" brummte Strangl. „Ich fürchte, die Polizei könnte es missverstehen."

„Wir möchten gern aufstehen", hob eine der Damen den Kopf. Bequem lagen sie nicht, neben sich das Schnarchen des Säufers Lohengrin Antoni.

„Uuuu", grunzte Strangl.

„Bitte, nicht schon wieder!"

„Ladys", entsann sich der Urwaldreisende verjährter Höflichkeitsformeln. „Erlauben Sie mir, Ihnen aufzuhelfen?"

„Oh, wie liebenswürdig!"

„Besten Dank. Und jetzt, Sie... Wilder?"

Ja, und jetzt?

Draußen belauerten Polisten den vermeintlichen Bankräuber. Der Direktor hatte sich wieder in sein Büro eingeschlossen. Amtsrat Biermann und die langgediente Bankangestellte Hermine Doppelhuber befanden sich jenseits irdischer Nöte. Die Damen an der Kasse waren darunter verschwunden, und der Kassier am dritten Schalter vertilgte soeben die letzten Hunderter. August Mack lag hinter dem teuren Ledersofa und der einzige unbefangene Zeuge Lohengrin Antoni im seligen Sektrausch neben sechs leeren Geschenkflaschen. Zugegeben, die billigste Sorte Sekt, aber ein vom Leben und Fusel wenig verwöhnter Mensch stieß sich nicht an Kleinigkeiten. An jenem denkwürdigen 30. Oktober hatte Fortuna ihr Füllhorn über den offenkundig glücklichsten Menschen im Geldinstitut ausgeschüttet.

Sollte das Schicksal wirklich nur einen Alkoholiker begünstigt haben? Auf diese Weise wäre es um die Moral fleißiger Sparer schnell geschehen. Fest steht, dass für Hermine Doppelhuber und ihren Amtsrat – nebenbei ihr erster Amtsrat und überhaupt der erste Mann – die Rechnung aufging. Nicht zu vergessen die älteren Damen, denen ein unverhoffter Nervenkitzel beschert wurde. Der Kassier vom dritten Schalter erweiterte die Dimensionen seiner Berufsausbildung und kam auf den Geschmack von Geld. Der Direktor überschlug das Schmerzensgeld, rechnete dem Übeltäter die Summe für seelische Qualen dazu und erhielt berauschende Werte. August Mack pries sich glücklich, zuletzt doch Geistesgegenwart bewiesen zu haben und beschloss unter diesen positiven Umständen eine neue Forschungsreise. Die Kassendamen nannten sich kurzfristig Heldinnen, und Franziskus Strangl durfte schließlich laut Aussage der Kinder ein echter Wilder sein. Die Kinder, sonst schwer zufriedenzustellen, bewegte ein Abenteuer, echt Horror live, vom logischen Standpunkt aus besser als aus dem iPod.

Und alle waren glücklich. Nun, die Polizisten vielleicht nicht. Dort draußen im Regen. „Kommen Sie heraus! Sie haben keine Chance!"

„Doch", brüllte Strangl, „die Kinder..."

„Lassen Sie die unschuldigen Kleinen..."

Im Kasseraum klapperte ein Plastikgegenstand. „Von wegen unschuldig", spottete Elisabeth.

„Ich hätte das blöde grüne Ding fast vergessen", stotterte Martin.

„Na, klar", entschuldigte ihn Bruder Grünkopf, „seine Lieblingsfarbe, und blöd ist für ihn alles, was er liebt!"

„Blödmann!" Aber es klang freundlich an diesem besonderen Weltspartag. Wunder ereigneten sich, Kontakte entwickelten sich, am Ende entstand sogar Liebe. Selbst die Spannungen zwischen Brüdern, meist unfreiwillig in allzu nahe Verwandtschaft gepresst, mäßigten Notzeiten. Zufällig nur auf dem Kalender ein ganz normaler 30. Oktober, und er war noch nicht vorbei. Neugierig umdrängten die Kinder ihren Wilden.

„Erzählen Sie uns, weshalb Sie den Herrn Direktor mit Ihrem Schirm in den Hintern gestochen haben?" Martin, regelrecht fixiert auf diese geräumige, einladende Sitzfläche, verbiss sich jedoch das allgemeingültige derbe Wort. Ob es am Schluss auch auf ein Mysterium hinweist

– wer weiß das schon aufgrund unzähliger Bankgeheimnisse?

Leider seien ihm derlei Handlungen an Hinterteilen nicht so gegenwärtig, murmelte Strangl, er dürfte geistig ein bisschen weggetreten gewesen sein.

Bewundernde Rufe: „Au-ha... und wie!"

„Hört mir bitte zu..."

Streng unterbrach ihn eine der Damen: „Wir alle hören zu, welches Märchen Sie den Kindern aufbinden!"

Strangl konzentrierte sich statt der austauschbaren Frauen lieber auf die Kinder.

„Angefangen hat es mit dem grünen Teppich und dem Licht aus irgendwelchen undurchsichtigen Quellen. Dazu die absurden Palmwedel... und einfach die ganze Stimmung. Plötzlich wusste ich, etwas Schreckliches würde geschehen. Ich dachte, ich befände mich wieder in meiner Hütte. Der erste Weiße, geachtet von den Butuans, 2. Medizinmann und 3. Unterhäuptling, wahrscheinlich bald zum 4. Oberhäuptling aufgestiegen, wären nicht andere Weiße ins Dorf gekommen. Damals, als die Butuans noch echte Wilde und sanft wie Lämmer waren, hatten die Fremden zunächst ein leichtes Spiel. Aus ihren Kisten holten sie bunte Glasperlen, gefärbte Hühnerfedern, Plastikringe, Spiegel und sonstiges wertloses Zeug. Ein Wühlen und Kreischen begann, dass die Affen angesichts des würdelosen Benehmens in die höchsten Baumwipfel flohen."

Insgesamt genüge ein wesentlich geringerer Aufwand, das zerbrechliche Ökosystem der Wälder zu vernichten, meinte Strangl. „Durchtriebene Geschäftsmänner beurteilen Land und Boden grundverschieden." Unter gesenkten Lidern blitzte der Maler die Jugend an, ob ihm auch hier ein gerissenes Volk heranwüchse. Zu spät. Unvermittelt ertönte ein Befehl, der einen mächtig angewachsenen Polizeiapparat dokumentierte: „Geben Sie die Waffe heraus!"

„Gut – einen Moment", versprach Strangl, laut genug für einen unbescholtenen Staatsbürger. Zumindest etwas könne er für die Polizisten tun, erklärte er den Kindern. „Draußen regnet es immer heftiger, während wir es fein trocken haben." Rasch entschlossen näherte er sich der Tür, warf das verlangte Objekt hinaus und sprang sofort zurück. „Jetzt bin ich ohne Schutz und Schirm!"

„Versuchen Sie nicht, die Polizei zum Narren zu halten! Nehmen Sie Vernunft an. Oder stellen Sie Ihre Bedingungen..."

„Bedingungen", knurrte Strangl. „Regenschirme waren auch unter den Geschenken, die mochten sie am liebsten..."

„Wer? Die im Urwald?", fragte Martin. „Gratis?"

„Ach, weißt du, die Butuans besaßen weder Regenschirme noch Glasperlen, aber Bäume und Elfenbein. Der Tausch wäre perfekt gewesen, hätten die Weißen auf eine weitere Forderung verzichtet..."

„Frauen!" Für Stefan derzeit das wichtigste Thema. Starke äußere Einflüsse manipulierten ihn, die Natur lenkte ihn nach ihrem Willen.

Lohengrin Antoni schnarchte auf im Rausch: „Weiber? Weiber!" Vorsichtig hob er die Lider, gewahrte jedoch nur ekelhafte Bälger sowie zwei Matronen im Panzer mühsamer Jugendlichkeit und empfahl sich wieder ins Land der Träume. Ein verbissenes Entzücken im Gesicht offenbarte den Inhalt seiner Wunschbilder.

„Geschmacklos, vor den Kindern!", empörten sich die Damen. „Wollten diese schurkischen Händler tatsächlich mit den Butuanfrauen... Sie wissen schon?"

Strangl wusste es. „Das wäre weniger... nein, keine Frauen. Die Weißen verlangten von den Butuans, dass sie den Handel mit Nutzholz und Elfenbein nur mit diesem Team der bleichen Männer zu deren Bedingungen machen dürfen – den allerbesten natürlich."

„Aber wie konnten Ihre Wilden die Weißen verstehen?" Elisabeth entpuppte sich obendrein als kluges Mädchen.

„Oh, die Herren wiesen auf Geschenkpackungen, gestikulierten und zeigten den Butuans, was sie meinten. Nur mit uns, sagte die Sprache ihrer Hände, allein mit jenen blauäugigen Haftschalenträgern Kontakt aufnehmen. Merkt euch, rüttelten sie an ihren rot-weiß-rot-gestreiften Schuhbändern, genau diese Sorte trügen eure wahren Freunde. Schaut, ließen sie das Sonnenlicht auf Spiegeln tanzen, hier drinnen seht ihr unsere ehrlichen Gesichter." Verzweifelt schüttelte der einstige 3. Unterhäuptling den Kopf. „Ich höre noch immer das Kriegsgeschrei, mit dem eine plötzlich wild gewordene Horde Butuans die unverschämten Fremden durch den Urwald hetzte..."

Martin startete, ungewöhnlich leise, den Auftakt: „Dschigga-tschey?" Unisono Elisabeth und ihr Fan Stefan: „Dagga-dagga!" Herr Strangl, endlich ein unverbrauchter Wilder, vervollständigte flüsternd: „U-u-ey... Ich war auch unter denen, die sie verjagten."

Um exakt 15.00 Uhr schlug die Glücksstunde des ortsansässigen Glasermeisters. Im Sturm nahmen die Polizisten das Bankgebäude. Viel zu rasch für automatische Glastüren, ihre Selbstbewegung lief langsamer, als die Polizei erlaubte. Unter harten Stiefeln auf dem weichen Teppich knirschten Glassplitter. Zunächst widersetzten sich fast alle Opfer ihrer Befreiung, was nicht nur die Beamten überraschte. Auch die Betroffenen vermochten ihre Rebellion gegen die Hüter des Gesetzes keinem Außenstehenden zu erklären. Eine nach wie vor anonyme Person brachte den ersten Polizisten mit einem Schirm zu Fall. Nur die Kinder registrierten das Bubenstück einer älteren Dame.

Morgen erwartet Meister Franziskus Strangl der Gerichtsprozess, dem sein Anwalt siegesbewusst entgegensieht. Er plädiert auf einen Formfehler und will der Polizei seelische Grausamkeit vorwerfen. Als man den Inhaftierten im strömenden Regen abführte, bat er um seinen Schirm. „Diesem Bedürfnis eines Staatsbürgers nach gesundheitlichem Wohlergehen wurde nicht stattgegeben", verkünden es bereits die Buschtrommeln im Blätterwald.

Noch einmal blickte Anja zurück auf die vergangenen Jahrzehnte, und sie konnte sich nicht entsinnen, dass Mensch und Tier ihretwegen ein Leid geschehen wäre. Zufrieden schloss sie die Augen für immer.

Einen Lidschlag später kämpfte sie gegen einen Strom Wasser an. Näher und näher trieb sie eine unerklärliche Gewalt dem Strudel zu, der in ein dunkles Loch mündete; in panischer Angst suchte sie mit acht Beinen an glatten Wänden Halt. Und ehe ein Schwall heißen Wassers ihren Körper in Agonie verkrampfen ließ, diesen runden, schwarzen Leib, der Anja seinerzeit im Badezimmer mit unbegreiflichem Ekel erfüllt hatte, da ahnte jene gedankenlose Menschenseele, die sie einst gewesen: Das hättest du nicht tun dürfen!

Zuerst kam der Schlag, der ihr das Rückgrat zerschmetterte. Dann lag sie da, unter dem Stahlbügel der Mäusefalle, ein Bündel aus grauem Fell und zerschlagenen Knochen; soeben noch hatte sie heißhungrig Essbares gewittert, noch zuckten ihre Beine unbewusst vorwärts, schließlich überfiel sie der Schmerz. Mit spitzen Zähnen wehrte sie einen Feind ab, der erst jetzt den Todeskampf der geplagten Kreatur verbüßte. Diesmal dauerte er lang. Dann war er zu Ende.

Plötzlich vermochte sie kaum zu atmen. Ihrem widerstandsfähigen Körper nützte auch der gefährliche Stachel nichts mehr; vergeblich fuhr sie ihn aus und ein, bei jedem Gifthauch schwächer werdend. Weder Flügel noch Beine trugen sie hinweg, der Chitinpanzer bot keinen Schutz, denn Insektenspray war in der Evolution nicht vorgesehen. So starb Anja dem nächsten ihrer vielen Tode entgegen.

Wie Professor Laibgesang chemisch wurde

Jener denkwürdige Freitag begann wie alle anderen Tage ohne Versprechungen und Hoffnungen. Professor Kuno Laibgesang erhob sich mit gewohnter Unlust und schaute auf den Kalender. Das Datum entsprach seinen schlimmsten Befürchtungen: Es war der 25. Oktober und sein 70. Geburtstag.

„Ein eigenartiges Phänomen scheint zu bewirken, dass jedes neue Jahr rascher dahineilt als das vorangegangene", verwendete er sein antiquiertes Deutsch auch bei Selbstgesprächen. Er knirschte mit den Zähnen, aber sehr vorsichtig, damit die stützenden Stummel für seine Zahnbrücken nicht vollends zerbröckelten. Dann streckte er seinem Spiegelbild die Zunge heraus. Nicht aus jugendlichem Übermut – dem war der Professor längst entwachsen – sondern um den Belag auf dem fleischigen, zerfransten Sinnesorgan zu prüfen.

„Ekelhaft", grollte er. Müde dachte er an seinen Vortrag, an die kritischen Studenten und die kritiksüchtigen Herren Kollegen.

„Ich muss endlich etwas für mich tun!" Diesen Vorsatz fasste er jedes Jahr am bewussten 25. Oktober. Einige Tage rannte er in hektischer Eile auf Fitnessmärschen, rieb seine schmerzenden Muskeln mit Alkohol ein, wobei er seinen Muskelkater auch innerlich zu ertränken suchte, trieb so den Teufel mit dem Beelzebub aus, bis sein geschundener Geist den Körper um Ruhe anflehte. Der ließ sich nicht zweimal bitten, und der Professor sagte: „Kommt Zeit, kommt Rat." Die Zeit holte ihn unbarmherzig ein, doch guter Rat war teuer.

„Warum zu teuer?", durchfuhr es den Professor. „Die Entwicklung der Chemie hat seit den ersten Alchimisten gewaltige Fortschritte gemacht. Allerdings dürfte eine

Marktlücke bestehen an diversen Wässerchen für ewige Jugend. Immerhin ..." Versonnen pflückte Laibgesang ein Büschel Haare aus dem Kamm und fasste einen Entschluss.

Seine Gattin gratulierte ihm freudestrahlend zum Festtag. Ungeduldig wartete er den Wortschwall ab, um bald darauf das Weite und eine Apotheke zu suchen.

Dort fehlte ihm, dem Wortgewandten, das rechte Vokabular. „Ich habe", stotterte er, „ein Problem, ein sehr natürliches, menschliches Anliegen, trotzdem..."

An die höfliche Frau Magister waren weit mehr menschliche Probleme herangetragen worden, als andere Berufstätige erleben dürften. Sie hatte sich vor langer Zeit abgewöhnt, die Augenbrauen spöttisch hochzuziehen. Diesmal war die Versuchung groß. Sie zuckte die Achseln, aber nur innerlich, eine hohe Kunst, die allein Ärzte oder Apotheker beherrschen.

„Natürliche Anliegen bringt *Gehwohl* zum Erliegen", zitierte sie den Beipacktext eines Abführmittels. „Wenn Sie etwas Stärkeres benötigen, hilft *Rien-ne-va-plus*."

„Damit habe ich keine Probleme", keuchte Herr Laibgesang schockiert.

„Ich verstehe", betonte sie. Feierlich legte sie ihm verschiedene Schachteln Verhütungsmittel vor und eine Schachtel Kaupotenz.

Laibgesang bat mit versagender Stimme, ihm diesen Anblick zu ersparen: „ ... indem dass ich die Benützung derartiger Abscheulichkeiten auf das Heftigste verdamme und jedem rate, sich der Abstinenz zu befleißigen."

Hoch zog es da die rechte Augenbraue der Frau Magister, nur die linke vermochte sie unter Kontrolle zu halten. Zweifelnd brachte sie Vitaminpräparate und registrierte sein erleichtertes Nicken. Sie empfahl ihm die Trinkampullenkur *Lecimethyl.* „Lecithin, in sehr wenig Alkohol gelöst, falls der Herr auf jedem Gebiet überzeugter Abstinenzler ist..."

Der Professor errötete. „Ich bin durchaus flexibel", erwiderte er, strich über das schüttere Haar und rollte heimlich eine Strähne zusammen, die ihm in der Hand geblieben war. „Bisweilen mache ich Konzessionen..." Er stockte, gebannt vom Spiel beider Augenbrauen der Apothekerin, die einen unwirklichen Reigen in Höhe des Haaransatzes vollführten.

„Was wünschen Sie dann?" Die Betonung lag auf „dann", und der Professor hegte den Verdacht, dass seine Wünsche nicht respektiert oder absichtlich missverstanden wurden.

„Ich gedenke, mir mit Vitaminpastillen und Ähnlichem eine gewisse Hilfe angedeihen zu lassen."

Beherrscht riet die Magisterin neben *Profortuna* gegen Haarausfall zu einer Mischung aus Kavain, Procain und einer neuen chemischen Verbindung namens Ginsang. Diese Wunderdroge *Supergausan* enthielte Hydroxybenzoesäurepolyester als Konservierungsmittel, das in dieser Zusammensetzung positive Effekte auf die Biosynthese habe, welche die Krankenkasse freilich nicht honoriere.

Laibgesang addierte. Er schnappte nach Luft und klammerte sich an einen pyramidenförmigen Wurmtisch: 1992 von einem Münchner Designer erfunden, hatte das Grausen vor rund 500 Würmern, die durch ein Loch in der Tischplatte mit organischen Abfällen gefüttert wurden, leider eine umweltfreundliche Müllbeseitigung in den meisten Wohnungen verhindert.

„Eine Herztablette gibt es gratis." Kleine Geschäfte fördern die Freundschaft und jedes Geschäftsabkommen. Professor Laibgesang zahlte und hastete mit einer wurmfreundlichen Papiertasche seiner Wirkungsstätte zu.

Selbst der Abend bot ihm keine Erholung. Die Geburtstagsfeier übertraf seine Befürchtungen. Seine Gattin schenkte ihm eine Kollektion dezenter Hemden, die Herren seines vorgerückten Alters tragen sollten. Die reizende Schwiegertochter, sonst die Rücksicht in Person, da sie ihm bis jetzt das Los eines Großvaters erspart hatte, überreichte ihm das Buch „Alt werden, jung bleiben," und sein Sohn hatte ihm als Gedächtnishilfe eine Reihe dicker Lexika gekauft.

Am meisten erschütterte den Professor das Geschenk des jüngsten Töchterchens. Ihre ewigen Geldsorgen brauchten keine Erwähnung, und ihr Erfindungsreichtum im Basteln kleiner, unnützer Gaben war erstaunlich. Über das Paar handgestrickter Pulswärmer konnte er nicht einmal Freude heucheln.

„Weißt du, Papele", flötete sie, „ich hatte zwar Handschuhe stricken wollen. Aber ich war so schrecklich beschäftigt, und so ist es bei den Stulpen geblieben."

Der Vater ahnte, mit wem sie dermaßen beschäftigt war. Das förderte seine Stimmung keineswegs. Nun war einer der Augenblicke gekommen, die einen Mann dem Selbstmord nahe bringen. Allerdings entsprachen derartige Anwandlungen nicht dem ausgeprägten Gewissen des Professors. Und doch handelte er instinktiv und kaum seinem Bildungsgrad entsprechend: Er tat sich gütlich an der ganzen Flasche *Lecimethyl*, brach den Trinkampullen den Hals und schluckte zehn Kapseln *Profortuna*.

Dann sank er auf seine Matratze. Da seine Gattin zwar täglich den Tisch, selten aber das Bett mit ihm teilte, blieb ihr das Entsetzen erspart, ihren korrekten Mann mit den Schuhen auf dem Kopfpolster vorzufinden.

Das Ergebnis glich einer Detonation sämtlicher Körperteile und Sinnesorgane.

Mit einem Ruck erwachte Kuno am Morgen und sprang aus dem Bett, ohne seinen Gliedmaßen vorher gut zureden zu müssen. Er suchte die Brille, fand sie zu seiner Überraschung sofort und setzte sie auf. Erst jetzt schwindelte ihn, das Bett waberte als verschwommener weißer Fleck und die Schlafzimmertür wirkte verzerrt. Halbblind tastete er ins Bad, um die Brille zu reinigen. Dabei blickte er in den Spiegel. Die Gläser entglitten ihm. Das Klirren im Waschbecken ließ die Vermutung zu, dass sie als Sehbehelf ausgedient hätten. Der Professor schenkte dem kein Augenmerk, denn er konnte wieder ausgezeichnet sehen.

Was er sah und bewunderte, war die rosige Zunge eines Kindes; mit scharfen Augen blickte er in den Mund, sah in beiden Kiefern gleich Knospen blitzend weiße Zähnchen. Die Brücken hatten sich gelockert, um den dritten Zähnen Platz zu machen; fassungslos raufte er die Haare – lediglich drei Härchen lösten sich von der Schädeldecke. Weshalb wankten ihm nicht die Knie? Wie Säulen standen zwei kernige Männerbeine im altväterlichen Nachtgewand. Kunos Ahnung wurde Gewissheit: Seine chemische Mixtur, die in jeder anderen Mischung tödlich gewesen wäre, hatte ihn verändert: Heftig sprudelte in seinem Blut das *Lecimethyl*, unter der Kopfhaut kribbelte *Profortuna*, in den Organen sang *Supergausan* und jubilierte im Knochenmark.

„Was treibst du so lang im Bad?“, nölte draußen seine Angetraute.

„Gleich, Schatz!“, rief eine kräftige Männerstimme, die er kaum als die eigene erkannte. Schwungvoll riss er die Tür auf und gab seiner Gattin einen liebevollen Klaps auf die Rückseite.

„Kuno, lass den Unsinn!“, mahnte sie mit gewohnter Schärfe.

Beunruhigt zog sich Kuno zurück. Es fiel ihm schwer, den jugendlichen Übermut zu unterdrücken. Und wie sollte er sein neues Aussehen erklären? Seufzend führte er den Rasierapparat an Stirn und Schläfen, lichtete mit dem bitteren Gefühl eines großen Verlustes den prächtigen Haarwuchs. Gegen das Schwarz vermochte er nichts auszurichten, er dämpfte jedoch den Glanz mit losem Puder. Ein anderes Verschönerungsmittel seiner Gattin benützte er für einen gegenteiligen Effekt: Wimperntusche sorgte für tiefe Augenschatten. Mit dem leeren Brillengestell maskiert, vertraute er darauf, dass ihn sein Ehegespons nie genau betrachtete.

Unterwegs quälte er seine munteren Beine zu einem langsamen Trott. Sogar der Gedanke an einen außerplanmäßigen Vortrag am Samstag bedrückte ihn nicht. Wie üblich schlurfte er zuerst ans Pult, um dann den Blick ins Auditorium zu richten. Professor Kuno Laibgesang pfiff „Au-ha, verdammt" durch die Zähne. Da saßen sie, die knackigsten Wesen des weiblichen Geschlechts. Seit Jahrzehnten hatte er nie darauf geachtet; Verführungskünsten weiblicher Prüflinge gegenüber immun, stand er im Ruf eines Sonderlings. Die Arme verschränkt, um das Zittern der Hände zu verbergen, leicht schwankend im Ansturm vergessener Gefühle und selig wie ein kleiner Bub vor seiner Geburtstagstorte, brannten in Kunos Herzen dreißig Kerzen angesichts ebenso vieler Leckerbissen.

Begeistertes Johlen und Trampeln weckten ihn aus seiner Anbetung. Die Entgleisung am Beginn der Rede hielt sein Publikum für einen originellen, schwungvollen Anfang. Nun übertraf der Professor in seiner Ekstase alles Dagewesene. Noch nie waren in diesen heiligen Hallen losere Worte gefallen. Des Professors Lebhaftigkeit täuschte darüber hinweg, dass die Thematik eher von jungenhaftem Enthusiasmus geprägt war denn von Geist.

Diesmal verschwand der Professor nicht nach dem Vortrag. Er ließ sich feiern wie ein Held, nahm Küsschen entgegen wie ein Verdurstender und brabbelte Unsinn, dessen er sich früher geschämt hätte.

„Professorchen, komm mit! Wir machen uns einen Superabend."

Grölend tobte die Bande durch die Bars der Stadt, zertrümmerte Gläser und das Nasenbein eines lästigen Mahners, fand es irre geil, die Autoreifen des Rektors aufzuschlitzen und den Polizisten eine Schlacht zu liefern. Irgendwann hatten in Kunos Gehirn Warnglocken angeschlagen, doch eine dämonische Gewalt trieb ihn vorwärts bis zum bitteren Ende in einer Ausnüchterungszelle.

Mit schwerem Kopf wachte er auf. Die Erinnerung kehrte zögernd zurück. Er hätte es vorgezogen, darauf noch länger zu warten. Wie konnte ihm ein dermaßen widerwärtiger *Lapsus Memoriae* geschehen? Der Professor raufte das Haar und betrachtete das Büschel grauschwarzer Zotteln zwischen den Fingern. Soviel Entgeisterung schien seinem Geist mehr als genug zu sein und drohte mit Umnachtung. Erst Hoffnung führte ihn aus finsteren Gefilden, als die Augen undeutlich eine wenig trauliche Umgebung wahrnahmen. Welch ein Segen, hier nichts genau identifizieren zu müssen! Die Zunge befühlte vorsichtig die neuen Zähne. Locker – welch gewohnter Anhaltspunkt!

Laibgesangs Stöhnen rief einen freundlichen Polizeibeamten herbei. Er entschuldigte sich für die peinliche Verwechslung seiner Kollegen bei einem Studentenkrawall. „Ihre Frau Gemahlin wird Sie bald abholen."

Sie kam. Vertraute Gestalt, mütterliches Wesen, nicht mehr die Jüngste.

„Ach, Mama!" Der Gatte stürzte an ihre Brust.

„Na, na, Kunolein, nicht so stürmisch. In deinem Alter!" Prüfend betrachtete sie ihn zum ersten Mal seit langer Zeit: „Ich denke, du solltest in Pension gehen."

„Du hast vollkommen recht. Endlich zu Hause, Ruhe, Frieden..."

„Ja, mein Bester. Jetzt werden wir täglich spazieren gehen und miteinander fernsehen. Natürlich müssen wir auch unsere Verwandten besuchen, wir haben viel Zeit für einen gemütlichen Kaffeeklatsch, und – damit verrate ich dir ein Geheimnis – demnächst dürfte uns ein Enkelkind beschert werden und unser Tätigkeitsfeld bereichern: Zoobesuche, Kinderfeste ..."

Professor Kuno Laibgesang ächzte. Man müsste wieder jung sein! Allerdings war er sich nicht sicher, ob er das noch wollte.

Im Anfang war das Hochgefühl schrankenlos. Wenigstens an einigen Grenzen im Jahr 1990. Wie die Erfahrung lehrte, endete die Begeisterung schneller, als ein Franzose *Liberté* sagen konnte. Zum Beispiel Gmünd im oberen Waldviertel: Bald sah man in vielen Geschäften an der Kasse Schilder mit der Aufforderung, die Taschen zu öffnen – auf Tschechisch.

Das einst zweigeteilte Gmünd lag dort, wo das Nirgendwo begonnen hatte: zehn Minuten und 45 Jahre entfernt in derselben Stadt. Ein ganzes Menschenalter lang war es unvorstellbar gewesen, dass es Städte gab, in denen sich Familienangehörige nicht besuchen durften. České Velénice hieß das Nirgendwo. Es gibt noch andere und schon wieder neue...

Jahrzehntelang war ich der tschechischen Grenze ferngeblieben – seit ich 1946 ihren Staub von den Füßen geschüttelt hatte. Oder wie Staub von den Füßen geschüttelt wurde. An einem späten Nachmittag im August 1990 wollte ich hinüberspazieren: in den Zeiten aufkommender Kameradschaft und großer Hilfeleistung, die jetzt bereits Geschichte sind.

Der österreichische Zöllner erriet meine Fragen. Man könne wirklich „hinüber" wandern. Kaum zu glauben, was? Niemand wüsste von dem Zugang hier in letzter Zeit. So viel Stress mit einem Mal! Ja, die Kollegen da drüben, überraschend menschlich wären die plötzlich. Ein ganzes Dienstalter lang hätte man viele vom Aussehen her gekannt, aber die wagten es nicht einmal, Grüße zu erwidern.

Ankunft bei den Tschechen. Wie soll ich hier grüßen? „Grüß Gott" oder „Guten Abend"?

„Guten Abend" erschien mir unverfänglicher. Gewissermaßen neutral. Aber „Grüß Gott" sagte ich. „Guten

Abend", erwiderte ein Uniformierter. Na, bitte, die erste Verständigung klappte ausgezeichnet. Nur etwas verstand er nicht: Herumschlendern? Einfach die Straße entlang, geradewegs ins Tschechische? Aber zuerst müsse der Chef seinen Stempel in den Pass geben. Der stand bei einem Auto und unterhielt sich. Noch dazu mit einem Wiener! Das könne ja ewig dauern, erklärte ich dem jungen Zöllner. Der zuckte die Achseln; todernst blieb er dabei. Was scherte *ihn* meine Ewigkeit?

Ich pirschte in die Nähe der beiden Plaudertaschen und hörte den Wiener von seiner Großmutter reden, die „damals" Hals über Kopf ihre Sachen packen musste. Sehr bedauerlich für die alte Dame, sie dürfte jedoch kaum die einzige gewesen sein, und der Oberzollmeister lechzte sichtlich danach, Geschichtsträchtiges zu erzählen, das ihm widerfahren war.

Um den Übergang in die Gegenwart zu beschleunigen, startete ich einen Frontalangriff auf den Chef. Einen Stempel, bitte. Weshalb ich das nicht gleich gesagt hätte, fragte der beamtete Stempelhüter. Weil ich nicht mit der Tür ins Haus fallen möchte, hätte ich antworten können. Und weil tief in mir die alte Kinderangst steckte, die mir eine tschechische Uniform noch immer einflößte. Dann wurde ich entlassen: ins Unbekannte.

Es dämmerte. Drüben, im anderen Gmünd, würde man jetzt die Straßenlampen anzünden, hier blieben sie vorerst dunkel. Mildes Abendlicht verklärt und verschleiert sonst vieles – außer im Nirgendwo. Von den niedrigen Häusern blätterte der Putz ab; oft hatte man es nicht der Mühe wert gefunden, den Schutt wegzuräumen.

Ein stattliches Gebäude funktionierte einst als Feuerwehrhaus, das Wappen zeigte 1908 – seitdem besserte wohl keiner mehr etwas aus. Das nächste größere Haus wirkte ebenso unbewohnt. Verwischte Lettern erzählten von der letzten Besitzerin: Wwe. Weiß, Schuhmacher.

Auch die niedrigen Häuser zu meiner Rechten wirkten leer. Hunde schlugen an. Da mussten auch Menschen sein. Wie mochten sie leben? Oder wohnten sie nur irgendwie in diesen sterbenden Häusern ihre Zeit ab? Nach einer halben Stunde erreichte ich vermutlich das Stadtinnere, denn genau ließ sich das nicht erkennen. Drei junge Leute fuhren mit Fahrrädern vorbei, ernst starrten zwei Kinder und verschwanden. Als ein Zaungast fühlte ich mich; das bereitete mir Unbehagen.

Skola: zwei Schulen. Die eine neu, die andere mochte noch aus der Kaiserzeit stammen. Ich hörte lautes Klappern von Waggons, die verschoben wurden. Entschlossen wollte ich den Bahnhof erreichen, weil mir nur noch Schienenstränge den Beweis erbracht hätten, dass es immer irgendwohin weitergehen musste. Dort ertönte das Pfeifen einer Lokomotive, draußen in der Dunkelheit fuhr ein Zug ab, und ich habe ihn nicht gefunden.

Aus dem winzigen Kino hallte die Stimme eines tschechischen „Indiana Jones". Endlich etwas Amüsantes: Deutsch klingt Englisch halt besser. In der Zollwachstube herrschte am Samstag, um 9 Uhr abends, Feiertagsstimmung. Und „Dobrinoz" heißt vermutlich „Gute Nacht".

Leidige Geschichten mit Historien

Ein Jahr später fuhr ich, wieder von Gmünd aus, mit dem Zug über die Grenze: nach Budweis oder České Budějovice. Zunächst galt es, die eingleisige Strecke in einem Personenzug zu bewältigen, dessen trübseliges Äußeres das Empfinden einflößte, gute Zeiten sind ihm nie beschieden gewesen. Freilich darf ich wieder einmal Ausdrücke wie *rattern* und *rumpeln* verwenden, die dem Wortschatz für Bahnreisen nur mehr selten entsprechen.

Es war ein Stuckern vorbei an einer vertrauten Landschaft: Mischwälder, erstaunlich viele gesunde Fichten, Föhren, Birken. Und Eichen. So eine *Deutsche Eiche* als

Begriff hätte man durchaus als österreichischen Baum identifizieren können: an seinen Jahresringen. Das intensive Fahrgefühl, dieses Holpern und Schaukeln, erinnerte an die erste Pferdeeisenbahn auf dem europäischen Kontinent, die 1832 in Budweis gebaut wurde. Solange sie in Betrieb war, fuhren an jedem Morgen um 5 Uhr die Wagen ab, um nach vierzehnstündiger Fahrt Linz zu erreichen. Unsterblich ist eine andere Geschichte: In die Kaserne rückte 1914 der Schriftsteller Jaroslav Hasek ein, dessen „Braver Soldat Schwejk" später denselben Ort auf- und heimsuchen sollte.

Ein Prospekt beschreibt den Zustand des Budweiser Stadtkerns: *„Die Innenstadt wurde zur städtischen Denkmalreservation erklärt und steht als bedeutendstes historisches und künstlerisches Ensemble unter Denkmalschutz."* Beschrieben wurde eher die Historie eines Denkmalschutzes, die lange Zeit hinter leeren Fensterhöhlen gähnte und unter zerbrochenen Ziegeln ruhte! Ein weiterer Satz über Budweis klingt wie Ironie: *„Der Grundriss der Stadt bleibt das älteste und besterhaltene historische Denkmal in Budweis."* Nach der Wende von 1989 dürfte der Satz für zahlreiche Orte gelten.

Jetzt freilich wird fleißig restauriert. Noch nie habe ich so wenige Leute soviel Straße aufreißen gesehen! Im Übrigen galt jener Tag der Verwirklichung eines gesteckten Ziels: der Bahnhof der zweigeteilten Stadt Gmünd. In České Velénice stieg ich aus und (be)staunte Bauklötze. Ein Haus nach dem anderen wurde geputzt und gerichtet. Staubgeschwängerte Luft trug die Verheißung auf Fortschritt in aller Munde.

„Die wahre Geschichte von Flüssen und Einflüssen“

Der Innbegriff

Da ist dieser Fluss. Zur Zeit der Römer mäanderte er als Oines oder Ainos durchs Land im Gebirge. In verschiedenen Variationen behielt der Fluss den Namen über Jahrhunderte. Der klangvolle Titel soll auf das frühkeltische Wort für fließendes Wasser zurückgehen. Von Anfang an verkörperte er den Inbegriff eines Gewässers.

Die Frage nach seiner Staatszugehörigkeit hängt vom Standpunkt des Betrachters ab. Das Licht der Welt erblickt ihn, den Fluss, am Malojapass. Folglich startet er mit einem Schweizer Pass. Andrerseits hält er sich am längsten in Österreich auf, hat aber auch Bayern geprägt. Ein Grenzgänger, von keinem Anglizismus beeinflusst, würde ihn selbst die englische Entsprechung „Pup“ nicht trockenlegen.

517 Kilometer lang, gehört er zu den längsten und mächtigsten Alpenflüssen. Allerdings um spitzfindige dreißig Meter kürzer als die Donau, verliert er bald nach dem zweiten Vorstoß ins Bayrische seinen Namen. Obwohl dort, wo ihm die Donau in die Arme läuft, ihr Wasser vor seinem heftigen Strom zurückweicht. Sein *Abflussregime* wurde im Einzugsgebiet „unausgeglichener“ denn jenes der Donau befunden

Ich kenne diesen Fluss ab seiner oberen Talstufe im Engadin, abgeleitet vom rätoromanischen Flussnamen „En“. Von den 200 Kilometern durch Tirol stromerte ich im Weichbild einiger Uferpromenaden herum. Aber kenne ich ihn deshalb wirklich? Es ist ja eine einseitige Bekanntschaft. Während der Schneeschmelze oder nach einem heftigen Gewitter wechselt die Farbe des Flusses in ein schlammiges Grau. Wehe, ein Urlaubsgast nennt ihn dann schmutzig! Da fühle ich mich gleich ebenfalls beleidigt.

Heute, am 13. August, gleitet er ruhig dahin, ganz in Grün. Ich sehe ihn jeden Tag vom Fenster aus. Ich brauchte bloß hundert Schritte zu tun, um bei der Mess-Station die Wassertemperatur und Wasserhöhe abzulesen. Nichts an ihm wirkt geheimnisvoll, außer in klaren Nächten bei Vollmond. Vielleicht würde mir seine chemische Zusammensetzung mehr erzählen. Dass ihm ein männlicher Artikel verliehen wurde, sagt einiges über seinen Wesenszug aus. Oder welche Merkmale wir ihm zuweisen. Ein bisschen hineininterpretieren, das dürfen wir.

Für den Fluss war nicht der Weg das Ziel, sondern unumgänglich. Prinzipiell suchte er die bequemsten Durchlässe, räumte Hindernisse entweder beiseite oder umlief sie bedächtig in weitem Bogen. Seine Kurven, formvollendet an den richtigen Stellen angeordnet, entsprachen später nicht immer dem modernen Verfahren. Bald wird niemand mehr wissen, „wie's früher war“ an seinen Ufern.

Längst, ehe die Römer so hießen und der Fluss namenlos seine Ufer änderte, als ihn die ersten Siedler mehr fürchteten als das Gebirge, hausten sie außerhalb seines Gefahrenbereichs. Nachdem sich die Menschen endlich ins Tal gewagt hatten, geschah es nicht zum Vorteil des Flusses. Sein wahres Naturell zeigt sich nur mehr selten, wird zur „Rache der Natur“.

Trotz aller Technik, uns über Ufereinfassungen um Längen voraus, findet der Fluss meist noch eine Schwachstelle. Er tritt ohne böse Absicht über die Ufer. Außerdem hat er sich während der letzten 10000 Jahre sehr gebessert. In jungen Jahren vermochte er sein Wasser überhaupt nicht zu halten.

Seiner Identität, einer Art „Innbegriff“, kommen weder Romantiker noch Techniker oder Taucher auf den Grund. Kriminaltechniker hielten sich zurück und fabulierten von der „wahrscheinlichen Identität“. Wissenschaftler sind genauer, beweist ein Referat aus dem Jahr 1851: *„Ueber die wahrscheinliche Identität der Protuberanzen mit den Sonnenfackeln."* Tiroler Identitäten wiederum sind in flüssiger Form schwer greifbar.

Und da ist dieses Tal. Es folgte dem Fluss nach Tirol, der unterhalb der schweizerisch-österreichischen Grenze seine Bahn durch den Engpass von Finstermünz brach. Der Fluss wurde nicht nach dem Tal genannt. Wie meist üblich empfing das Tal den Namen seines markantesten Gewässers. Geografisch eingeteilt in Ober- und Unterinntal, während man um Innsbruck allmählich von einem „Mittelinntal" spricht. An sich steht das Mittelinntal für eine Sprachbarriere zwischen dem Ober- und Unterinntal.

Das Inntal, schrieb einmal ein missmutiger Literat, sei jene Stelle, in deren Mitte die Gerölllawinen zweier Gebirgsmassive zusammentreffen. Gemäß ihrer Natur gaben und nahmen die vielen Wasserläufe des Tals zur selben Zeit. Von beiden Bergseiten stürzen sie sich in den Inn, was angesichts der Topographie nicht überrascht.

Zur Ruhe kommen Berge nie. Begonnen hat es mit der rauen Pracht vor Äonen, um das Entstehungsdatum zu vereinfachen. Von Urkräften aus den Tiefen unserer Erde nach oben gepresst, einmal zusammengedrückt, dann auseinandergerissen, formten Eiszeiten und Schmelzwässer das Rohmaterial. Anschließend arbeitete die Natur als Landschaftsgärtner. Menschen kamen, befuhren den Fluss, nützen, benützen und begradigen ihn.

Auszug einer Schrift um das Jahr 1890: *„Hoch über dem Inn, dem* „Strom der siebenzig Gletscher", *der ruhig zwischen den Weiden und Erlen seiner Ufer dahinflutet, erheben sich die Trümmer von Fragenstein."* Bis Ende des 18. Jahrhunderts erschwerten Berge eher den Weg zur anderen Seite; sie waren nicht die erstrebenswerten Ziele von heute. Wer im Tal ums tägliche Brot kämpfte, umging steile Höhenzüge. Seit 1912 jedoch erblicken Reisende mit der Mittenwald-

oder Karwendelbahn das Inntal und auch die Feste der Fragensteiner bequem von oben.

Wild oder sanft, aber nie abweisend oder langweilig, vom Zugfenster aus lässt sich die Landschaft gut lesen. Sechshundert Meter Höhenunterschied von Innsbruck bis Seefeld verheißen auch eine beachtliche Seh-Höhe. Das Inntal tut sich auf. Weit unten dehnt sich das Band der Gleise in Richtung Arlberg, schlängeln sich die Straßen, liegen Dörfer mit althergebrachten Namen wie Inzing, Hatting und Flauerling, zieht der Inn auf seiner ewigen Reise der Donau entgegen. Wer von der Inntalautobahn aus zur Martinswand schaut und eng an den Fels gedrängt einen Zug entdeckt, bestaunt heute noch den Mut der Erbauer.

In Innsbruck, vor dem geplanten Abriss der Karwendelbrücke, „fuhr der Denkmalschutz drüber“. Sonst stünde heute ein alltäglicher Neubau, ohne vom Glanz früher Pionierzeiten zu künden. Nicht einmal die besten Straßen- und Brückenbauer des römischen Imperiums hatten sich hier auf die linke Fluss-Seite gewagt. Schon wieder die Römer? Ohne Römer kein Tirolreport! Ihre Straßen waren berühmt, berüchtigt und exklusive Tempolimit. Vom Fuß der Martinswand, die fast zum Innufer reicht, gab es bis ins 20. Jahrhundert nur eine Fähre. Am Innufer war man nie sicher vor Überschwemmungen, und die feuchte Auenlandschaft wirkte beileibe nicht einladend. In ferner Zukunft lag das Interregnum der Sonnenanbeter, bis man ihnen dem Naturschutz zuliebe an die Wäsche ging.

Den Fluss, dessen Namen Tirols Hauptstadt trägt, würdigte Innsbruck durch ein neues Markenzeichen. Nachdem nichts mehr an die älteste Innbrücke erinnerte, zeigte die Stadt mit einem Apostroph, wo ihr wesentlicher Inhalt liegt: Inns'bruck. Urkundlich erwähnt wurde „Insprucke“ zum ersten Mal im Jahr 1187. Nicht von ungefähr hatte der fünfte Graf Berchtold von Andechs rund siebzehn Jahre vorher die erste Innbrücke zum linken Innufer errichten lassen.

Als Wasserweg war der Inn in seinem Element. 1452 hatte die Stadt Hall das Monopol für „am Wasser beförderte Güter“ erhalten. Durch die Innauen wurde 1585 eine Straße hinauf nach Mühlau und hinunter nach Hall angelegt. Mitte des 19. Jahrhunderts florierte Hall noch als bedeutender Umschlagplatz von Waren aller Art „zu Wasser und zu Lande“. Schiffszüge, beladen mit Salz, Erzen, Holz und auch mit Wein aus Tirol, transportierten ihre Fracht bis Wien. Für die Rückfahrt flussaufwärts verholte man leichtere Produkte, besonders Weizen, Fleisch, Fett – und österreichischen Wein. Das Holz für die Salinen wurde aus weiten Teilen Tirols auf dem Inn nach Hall geflößt.

1858, mit der Eröffnung der Eisenbahn von Kufstein nach Innsbruck, brach die Innschifffahrt in Tirol gewaltig ein. Obwohl es in einem Schreiben von 1853 hieß: „*Der Viaduct beginnt am Ende des Innsbrucker Stationsplatzes mit der Ueberbrückung der Museumstraße und endet an der ersten Innbrücke mit dem Durchgange für den Schiffsritt.*“ Der Inn hatte für den *Schiffsritt* ausgedient.

Gegen unseren Willen vermag der Inn kaum mehr sein Bett zu verlassen. Eine interessante Bezeichnung trennt bekennende Innliebhaber in Naturnutzer und Naturschützer. Im Bereich der urtümlichen Inn-Auen wurde der Inn rund 80 Meter nach Westen gezwungen. Der Flughafen Innsbruck-Kranebitten hatte den Standard der internationalen Zivilluftfahrt zu erfüllen, dem musste der Fluss weichen. Das Projekt lief allgemein verständlich unter dem Titel „Inn-Verlegung Light“. Leicht dürfte diese Variante nicht gewesen sein. Wasser ist ein Element, das antwortet.

Fünftausend Jahre der gefährlichen Floß- und Salzschifffahrt sind jetzt Legende. Vergnügungsfahrten konnte der Inn rund 140 Jahre später nicht überall das Wasser reichen. Zwischen Tirol und Bayern heißt es unter anderem „Leinen los“ im Zentrum von Kufstein. Bayern beginnt mitten im Inn, gleich nach Kufstein. Den Fluss berührt es nicht, er hat aber bestimmt einige der bayerischen Inn-Orte öfter besucht. Warum sonst pflegten sogar vom Flusslauf entfernte Orte wie Deggendorf und Rott „am Inn" beizufügen? Fischbach, Flintsbach oder Simbach verewigten ihren Bach im Ortsnamen mit der Zugabe „am Inn". An der Innbrücke in Rosenheim nimmt das Inn-Museum auch die einstige Atmosphäre des Inns auf. Der Innbegriff lebt in vielen Ortschaften Bayerns über Wasserburg am Inn hinaus.

Salzburg freilich würde den Namen seines Hauptflusses bestimmt gern weitervererben. Erhalten blieb der Inn-Salzach-Stil in einigen Altstädten der Region von Inn und Salzach. Eine Reihe von Häusern mit Scheinfassaden vor dem Dachgiebel wirken wie ein geschlossenes Ensemble. Ein gemeinsamer Name für den großen südwestlichen Nebenfluss wäre durchaus passend gewesen. Immerhin entspringt die Salzach an der Grenze zu Tirol, unweit vom geschichtsträchtigen Pass Lueg – um dann irgendwo bei Überackern in Oberösterreich im Inn zu landen.

Das Innviertel in Ober-Österreich besteht erst seit dem Jahr 1779. Zur Zeit des Erzherzogtums ob der Enns hatte man begonnen, das Gebiet in Viertel einzuteilen. Nach der Angliederung an Österreich musste ein Name für das neue Viertel ge- oder erfunden werden. Kurz, prägnant und einflussreich: Innviertel. Eine wohltuende Wortschöpfung der österreichischen Verwaltung. Inn- statt ichbezogen.

Wie sich Braunau am Inn oder Ried im Innkreis zu dem Fluss bekennen, fasst das verzweigte System der Einflüsse von Flüssen zusammen. Kraftwerke nehmen die Energie, die wir uns in sauberer Form spenden lassen. Wir holen uns das Wasser und geben es zurück, nachdem der Inn sein Werk getan hat. Dreizehn Innkraftwerke zwischen der tirolerisch-bayerischen und der bayerisch-oberösterreichischen Grenze produzieren Strom für Wichtiges und Weihnachtsbeleuchtung.

Längs der westlichen Grenzlinie Oberösterreichs schleppt sich der Inn zögernd voran, entschließt sich einmal für die österreichische, dann erneut für die deutsche Seite. Landmarkierungen auf dem Papier vermochten den Inn keineswegs zu fesseln. Ob Mühlheim wie Kirchdorf am Inn (O.Ö.), Aigen und Egglfing am Inn (Bayern), Obernberg am Inn (O.Ö), mehrere bayerische Inn-Orte bis Wernstein am Inn (O.Ö.), in Bayern Neukirchen am Inn... und Passau. Der dramatische Schlussakt in der bezaubernden „Dreiflüssestadt", das Finale des Flusses Inn und sein Höhepunkt.

Wer glaubt, den Inn am besten zu kennen, ihn zu verstehen oder gar zu lieben? Die Maler und Dichter oder diejenigen, die ihn erforschten? Obendrein schildern weder Bilder noch Worte die abwechslungsreiche Stimmung des wilden und genauso des befriedeten Inn. Manchmal, wenn wir ihn gut behandeln, beschert er uns das Gefühl, als liebte er uns auch. Lasst den Inn im Fluss!

Im Anfang steht Neugier. Die Reise in die Vergangenheit des Flusses schien unvermeidlich. Am Ende eines Ausflugs zu seinen Ufern jagt die Phantasie dem Phänomen Inn hinterher.

Kurzvita, fast ein Märchen

Es war einmal ein kleines Mädchen, das alles wissen wollte. Darüber schüttelten die alten Leute ihre Köpfe. Man gab dem kleinen Mädchen eine Nadel, und in der Nadel befand sich ein roter Faden. Damit sollte es feine Kreuzstiche in Stoffkästchen machen. Das kleine Mädchen, das alles wissen wollte, lernte, dass es Dinge gab, die es nicht lernen wollte. Und es hielt die Nadel mit dem roten Faden in der falschen Hand. Es lernte, die richtige Hand zu benützen. Dies währte recht lange.

Das kleine Mädchen wurde zum jungen Mädchen, zur Frau und zum alten Mädchen. Nachdem es eine Ewigkeit und einen Tag ein altes Mädchen gewesen war, wurde es wieder zum kleinen Mädchen, das alles wissen wollte. Darüber schüttelten die jungen Leute ihre Köpfe. Zu jener Zeit geschah es aber, dass sich der wundersame Vogel namens Komm-Puter erneut ins Land begab. Der sprach: „Ich gebe dir mein jüngstes Ei, das alles weiß." Da lachte das alte Mädchen vor Freude. Dies währte nicht lange.

Ein böser Zauber lag dunkel auf dem Bild des Schirmes. Das Ei des Puterwesens ward verhext. Nun tat das alte Mädchen, das alles zu wissen glaubte, was ihm noch zu tun verblieb: Mit seinem Augenwasser tränkte es viele Blätter Papier. Als es eintausend und einmal Papier zu Brei gemacht hatte, kamen gar seltsame Geschöpfe. Sie waren sehr klug und hießen Kommputerfreaks. Diese Freaklinge enträtselten Geheimnisse, die zu lernen das alte Mädchen nie gehofft hatte. Und wenn es nicht gestorben ist, lernt es heute noch.

Angela Jursitzka, am 25. Oktober 1938 in Böhmisch Leipa geboren, 1946 aus der Heimat vertrieben, hinaufgefahren ins beängstigend Gebirgige Tirols, hinabgestiegen in den Abgrund der Sprachlosen, verlassen von der seelenwunden Mutter, 1948 wieder aufgefunden vom im Krieg verschollen geglaubten Vater, verheiratet seit 1958, drei Kinder, zehn Enkelkinder (vorläufige Mengenangabe). Längst Tirolerin mit Leib und Kehle, wohnt sie in Innsbruck: »Heimat besteht aus vielen Einzelheiten, ehe sie dein innerstes Wesen ausfüllt.«
Veröffentlichungen mit Ideen quer durch den Gemüsegarten: Feuilletons, Kultur- und Reiseberichte, ein Tiroler Jugendkrimi, der historische Roman „Das Gähnen der Götter – Tirol vor 2299 Jahren“, von 2007 bis 2014 gemeinsame Arbeit mit Dr. Helmut Pawelka an einer Trilogie aller großen Eisenbahnen Tirols, Alba Publikation, Erlebnisse aus dem täglichen Leben, unter anderem „Das Wortgemetzel der Festredner“ über eine Angelobung beim Bundesheer.

Im *Verlag* Bibliothek der Provinz erschienen:
Alle Kriege wieder *Eine Historie*